玄冬の門

五木寛之

Itsuki Hiroyuki

ベスト新書

513

『玄冬の門』◆目次

第1章　未曽有の時代をどう生きるか

第2章 「孤独死」のすすめ

第3章　趣味としての養生

第4章　私の生命観

第5章 玄冬の門をくぐれば

第1章　未曽有の時代をどう生きるか

人生後半の生き方が問われる時代

人間の一生をいくつかに分けて考えるというのは、世界のどの国にも見られる慣習です。特に印象深いのはインドと中国ではないでしょうか。

古代インドの場合、

学生期《がくしょうき》
家住期《かじゅうき》
林住期《りんじゅうき》
遊行期《ゆぎょうき》

の四つに分けるという。

最初の学生期は、少年時代から物を学んで、さまざまな社会的訓練を経て大人になっていく過程。

次が、家住期。社会に出て就職し、結婚し、そして働き、バラモン教の教えに従って神への供物を納め、家長としての役割を果たす。こういう社会的活動の時期です。いまで言うと「生産労働人口」に当たる期間になると思います。

それから次に来るのが林住期です。一通り人生の役割を果たしたあと、子供も巣立った、仕事も一応やり尽くした。リタイアして、若い人に席を譲ったあとに、鴨《かも》長明《ちょうめい》ではないけれども、自然を友として悠々自適の生活を送る季節です。自分の人生を振り返って、いろいろ考える。あるいは、花鳥風月を友として生きる。考えてみれば羨ましい時間です。

私は前に『林住期』という題の本を出したことがあります。自分もちょうどその時期にさしかかっていたころでした。嬉しいことに、とても大きな反響がありました。

最後に来るのが遊行期です。

家を出て、林を出て、家族とも別れて、本来のインド人の理想から言えば、ガンジス川の畔《ほとり》に自分の死に場所を見つけるために孤独の旅に出る。

この四つが一通り、古代インドの人生の分け方としてあります。

一方、中国には、

青春《せいしゅん》
朱夏《しゅか》
白秋《はくしゅう》
玄冬《げんとう》

という分け方があります。

これには二説あって、まず玄冬から始まるという説もある。たまたま私の父親が国語と漢文の教師をしていたので、そのことをよく言っていました。

玄冬というのは、生まれたばかりの、まだ何もわかっていない幼い子供のことで、生命の芽生えがそこから生まれてくる、というのがひとつの説です。

そして、青春というのは、言うまでもなく若々しい成長期。

朱夏は真っ赤な夏。社会に出て、働き、結婚して家庭をきずく。そして社会的貢献を果たす。人間の活動期、フル回転の季節です。

そして、白秋。

人生の一通りの役割を果たしたあと、生々しい生存競争の世界から離れて、インドの林住期に当たるような、秋空のようにシーンと澄み切った、静かな境地に暮らす時期のことです。

ただ、私はやはり、玄冬というのは高齢期、老年期だと考えます。最初に玄冬をもってくるよりは、最後にもってきたほうが落ち着くような気がするからです。

玄冬の「玄」という字は「黒い」という意味ですが、単純な黒ではない。「幽玄」

とか、「玄妙」とか、いろいろな熟語があるように、「黒光りしている、奥行きのある黒」、「深みのある黒」で、その中には何かほのかな、未知の世界へ向けてのかすかな予兆も宿している黒です。ただ「黒い冬」という意味ではありません。道教の国際的な学者でいらした福永光司《みつじ》さんも、「玄冬は、ただ黒いだけではない。そこにほのかな赤味が感じられる微妙な色だ」と言っておられました。

絵にたとえてみますと、青春はクレヨン画。朱夏が色鮮やかな油絵で、白秋が水彩。そして玄冬は水墨画みたいなものかもしれません。モノトーンの黒色の中に、あらゆる無限の世界がある。

この古代インドと古代中国の人生の分け方を、年齢に当てはめていけば、二十歳までが学生期、青春期。三十、四十、五十歳が家住期、いわゆる朱夏ということになるでしょう。あとは、白秋があり、玄冬がある。つまり林住期があり、遊行期がある。

現代日本人の年齢に引きつけて考えると、二十五歳までが学生期、二十五歳から六十歳までが家住期でしょうか。リタイアしてから七十五歳くらいまでが林住期、その後が遊行期にあたりそうです。

後半の二つは、人生のおまけみたいな感覚ですが、それをわざわざ取り上げて、それぞれ一つの期間としてまとめているということには、なにか深い意味があるような気がします。つまり、社会に出て働いて、家を建てて家族を養い、子孫を確保するということで人生が終わるのではない。それはまだ人生の半分ではないかという感じがするのです。

特に最近、にわかに人口問題が普通の人の話題にも上るようになって、少子化ということがさかんに議論されるようになりました。いわゆる生産人口、働き盛りの人たちが目に見えて激減していく。そして、団塊の世代という一番大きな人口の層が、雪崩《なだれ》を打って、六十五歳から七十歳に入っていきます。今まさに私たちは、未《み》曾有《ぞう》の事態に直面しているわけです。

人口全体は、これから次第に減っていきます。明治の初めに三千四百万と言われた人口が、敗戦時でたしか七千二百万くらいだったでしょうか。やがてものすごい勢いで増えていって、一億を超すという状況になった。これからは確実に人口が減っていくだろうということで、国でも慌てていろいろな対策を講じようとしている。それでも、人口減少は、簡単に止めることのできない流れだと思います。その一方で社会の高齢化が急激に進んでいく。

すでにもういまは、若い人たちや、エネルギーに満ちた中年層、壮年層で支えられていた高度成長の時代ではありません。あらためて、先ほどの言い方で言うと、国そのものが白秋期・玄冬期、あるいは林住期・遊行期の生き方を問われる時代に入ってきていることは間違いないのです。

なぜ家庭用金庫が売れるのか

いま、社会全体に大きな不安というものがわだかまっているような気がします。

表面的には、二〇二〇年に東京でオリンピックがあるとか、さまざまな話題もあって、一見、活気があるように見えないではありません。しかし、巷《ちまた》でやたらと家庭用金庫が売れているなどという話を聞くと、もう人々は銀行さえも信用していないのではないかと思われる。そんな中で、下流社会、下流老人、老後破産などということが盛んにテレビや雑誌で語られるようになってきました。人々が大きな不安を抱いていることは間違いないわけです。

不安の原因は主に三つぐらいでしょうか。一つは健康の問題。退職金があり、持ち家があり、これで年金があれば老後は安心かと思うぐらいの人たちでも、一旦、癌《がん》などの厄介な病気になると、ものすごいお金がかかります。免疫療法などは一回三百八十万円というのがあって、私もビックリしました。そんな治療をどんどん受けていたら、湯水のようにお金が減っていきます。そこそこの貯蓄と家ぐらいがあっても、もしも大きな病気に見舞われたり、事故に遭ったりすると、一挙に家計が崩壊してしまうという不安がある。

ふたつめは、この国は大きな災害に見舞われる可能性が高いということです。一旦事故があると放射能に晒《さら》される可能性もある。列島全体がいま地震の活動期に入っているという専門家の意見もあります。つい先ごろも、熊本県で二日続けて最大震度の震度7を記録する大きな地震がありました。大分県を含む広域で、一〇〇回を超す地震が続いています。ふたたび、みたび、日本のどこで大地震が起きても不思議ではない、ということです。

もう一つ大きな問題だと思うのは、昔の日本人が、あるいは、少し前までの人々が当たり前のように確信していた未来図がいまはない。つまり、死後の世界とか、後生《ごしょう》とか、来世とか、そういうものに対する確信が、現在ほとんど失われているということです。「死ねば、宇宙のごみになる」と言った人がいましたが、いまの人生が終わったらそれっきりだという感覚です。お盆には墓参りをするけれども、実際には、特定の信仰や宗教には無縁の人が大半でしょう。そういう中で、死後のあり方についての確信がない。

この三つが、大きな不安の原点ではないかと思うのです。

そういう中で、青春期の問題が社会全体の一番の問題であったような時代から、あるいは、壮年期の人々の問題が課題であった時代から、いま私たちは「人生五十年から始まる五十年」ということをイヤでも考えなければいけない時代に入ってきた。これは非常に難しい問題ですが、いまは人が生きさせられる時代なんですね。

常識的に考えても、私たちは九十歳まで生きる可能性が非常に大きいわけです。しかも、九十歳までの生き方が見通しがつかない。元気で、孫たちに囲まれて、楽しく過ごすというような九十歳ではなくて、障害をかかえ、病気をかかえ、介護の中で生かされるような未来像もあります。そう考えると、いま新しく目の前に立ちはだかってきた、六十歳以後の三十年間を中心に人生を考えることが当たり前、という時代に差しかかっているのではないかと思います。

まわりを見回すと、それこそ四人に一人が六十五歳以上で、右を見ても左を見ても、自分たちと同世代の高齢者ばかりです。しかも、安定した、希望に満ちた生活というのが考えられない。核家族化していく中で、家族の絆というのもなくなっていく。言ってみれば孤独死を覚悟して生きていかなければいけないのに、まったく新しい人生観、つまり、後半生を中心にして考える人生観というものが、現在まだはっきりと確立されていない。

社会の中で一番大きな層を占める六十～九十歳までの三十年間を「覚悟」しないといけない時代。しかも、その三十年間は、保障のある安定した三十年間ではありません。どうやら、いまの様子では、非常に見通しの暗い三十年になりそうだという感じが現実の問題としてあります。年金の受給年齢も引き上げられるだろうし、年金の額にも変化が出てくるでしょう。高齢者の医療という面でも、老人の介護施設はいろいろ進んでいるとはいえ、一種の収容所みたいにならないとは限らない。そういう中で、国や政治システムに依存して自分の後半生を考えることが非常に難しい時代に入ってきている。

いま、非正規労働者の数が四割ぐらいですが、やがてそれが五割、六割になっていく。さらに労働の流動化と言いますが、簡単に職が失われるということも出てきます。生涯雇用が期待できない時代に入ってくるのです。「老後」と言ってしまうと本当に最後の季節という感じがしますが、これからはそうではありません。白秋・玄冬と考えれば人生のまだ半分なのです。野球で言うと、六回以後の後半戦。この後半戦に大きな不安があるというのが大問題なのです。そこをなんとか生きていくためには、言い古された言葉ですが、自己責任というか、自分で考えてやっていかないと仕方がないというのが結論になると思います。政治や社会保障は、あればば有り難い、当たり前のことです。たしかに憲法二十五条で「健康で文化的な最低限度の生活を営む権利を有する」とありますが、いまの憲法も頼りにならないという状態の中で、どのように玄冬期を生きていくか。

そういう不安と混乱の中で、「元気に」という表現は月並みですが、うなだれて、受け身で生きているだけではどうしようもありません。条件が非常に厳しい中で、しっかりした足取りで、自分なりのポリシーをもって、元気に生きていくということが目下、私たち日本人の最大の課題ではないかと思います。

3・11の東日本の大災害のあと、「絆《きずな》」ということが盛んに叫ばれましたが、私は、絆という言葉にはある種の抵抗感があります。もともとの言葉の意味は、「家畜や動物を逃げないようにつなぎとめておくための綱」という意味でした。我々、戦後に青年期を送った人間は、家族の絆とか、血縁の絆とか、地縁の絆とか、そういうものから逃れて自由な個人として生きるということが一つの夢だった。ですから絆というのは、自分を縛る鬱陶《うっとう》しいものという感覚が強かったのです。いまになって「絆」なんて言われても、という気分がある。そういうことではなくて、私は、これからの人は孤立しても元気に生きていくという道を考えるべきだと思うのです。

単独死、孤独死というものが、非常にさびしい、弱々しいことではなくて、「単独死、結構じゃないか」という方向に切り替えたほうがいい、と考えるべきではないか。

高齢者と若者の間の「階級闘争」

いま一番大きな問題になっているのは、高齢者が若者と対立しているという構図ができつつあることです。若者の間に高齢者に対する意識されざるヘイト感情が出てきつつある。定年を延長すればするほど、若い人たちの正規の就職の窓口を狭くするわけですから、そこには理由があります。そのことについては「階級闘争」という言い方をしたことがあります。

かつては、人口ピラミッドの頂点近くに存在するに過ぎなかった高齢者。それがいまや「日本人の四人に一人は、六十五歳越え」という状況になりました。

単に人数が増えただけではありません。現在六十五歳以上の人々はかつてのような「穏やかで口数の少ない、弱々しい人たち」だけではなく、「豊かで元気な老人階級」としての存在感を急速に高めつつあります。

ここに、わが国の歴史上初めて「老人階級」が立ち現れた、と言っても過言ではないでしょう。そして、まさにそのことによって、新しい「階級闘争」が起こる可能性がある、というのが私の予感なのです。

圧倒的な多数を占めるこの階級は、実際には、下の世代が支える年金で支えられています。またその「命と健康」をつなぐための高額な医療費が、国家財政の大きな負担ともなっています。「若い世代にツケを回すな」というスローガンとは裏腹に、この世代の増大は、とどまるところを知りません。

当然、ツケを負わされるほうは、たまったものではないでしょう。若者世代、勤労世代が、「どうして俺たちが、そんなものを払わされなくてはならないのだ」という気持ちになっても無理はありません。その結果、彼らも「世代」や「層」の概念を超えて、一つの「階級」に転化しつつあるように、私には感じられます。

日本の労働者の賃金体系を見ると、若い人たちは収入がかなり薄いのです。それは、上の人たちの収入が結構多いからです。つまり、社長とか役員とかは、アメリ力などに比べるとバカみたいに安いのですが、中堅のちょっと上の人たちがかなりの高給を取っている。その辺の格差というものがある上に、さらに年金の負担や、消費税も増えてくるとただではすまないという気がします。私は、デフレ自体は全然構わないと思うけれども、不景気になってイヤなことは、そういう対立感が強まってくることです。

ですから、むしろ、「こういう高齢者が増えるのならば、自分たちの理想だ」と若者たちが思えるような、そんな高齢者像を作らなければなりません。

それには、やはり自立心です。自分は自立して生きていくと心に決めて、むやみやたらと若い連中とのあいだに連帯を求めない。首を突っ込んでいかないことです。例えば、ボランティア活動にしても、高齢者が一人入ってくると、若い人たちは、はっきり言って鬱陶しい気分になる。あれこれ昔話なんかされた日には面倒くさいという感じがするのは当然です。

やはり、まず孤独者として生きていくという、その覚悟を決めて、自分一人でできることをすればいいのです。自分の食事の面倒ぐらい自分でみるというのも、第一歩としては大事なことです。

城山三郎さんが言っていましたが、最初のころ、シャツの選び方から靴下の色まで奥さんの指示に従っておられたそうです。自分の洋服を買うときでも、奥さんが「あなた、これがいいわよ」と選んだものを「ああ、そうか」と言って、買っていらした。しかし、「これじゃダメだと気づいて、それからは自分で買い物をするようにした」と言っておられました。

望んで「下流老人」になった人はいない

藤田孝典さんの本のタイトルになった「下流老人」という言葉が流行しました。彼の定義によれば、下流老人とは「生活保護基準相当で暮らす高齢者およびその恐れがある高齢者」のことだそうです。「下流老人」という命名は、多くの人々にある種の不安感を強く与えたようで、人々にかなり強烈なインパクトを与えました。

しかし、気軽に「下流、下流」と言うけれども、年金でカツカツに暮らして、電気も止められてテレビも見られなくて、ラジオしか聴けないような暮らしをしている独居の人がいるとしても、それは望んでやっているのではないですよね。やむを得ずそのようにしているのであって、そういう人が出てくるのはいまの社会のほうに原因があります。しかし、それ自体は悲劇でもなんでもないのではないか。

一般の意見では、そういう不遇な人に対しては社会のほうでセーフティネットができていない、こういう滑り台社会はよくないとか、どうしてもそういう話になりますね。

NHKでも繰り返してそういう番組をやっていました。本当に苦しい生活を強いられている人も当然いるわけです。例えば、生活保護というのは、憲法で保障されている国民の権利ですから、受けるのをためらう理由は本来はないはずなんです。だけど、生活保護は受けたくない、そこまで落ちぶれていない、というプライドで苦しい生活に耐えている人は現にたくさんいます。私の知っている人でも、生活保護を受けているというだけでも、世の中で肩身が狭いと言う。そんな気持ちで苦しいながらがんばっている人もいるし、まさに人さまざまですね。

そういう社会問題は、アメリカだろうがロシアだろうが、まったくない国はありません。

ただ、社会の趨勢《すうせい》として、数的にも圧倒的に高齢者世代が増えてくるというのは客観的事実です。その世代がどのように生きていくかというときに、先ほど言ったように、若い世代と高齢世代とが融合して親密にやっていくのではなく、ある意味で分かれてもいいだろうと思っています。若い連中は若い連中でやってくれというように。

例えば、選挙にしても、高齢者の施設などでは、ケータイか何かで投票できるようになれば、投票率は圧倒的に上がるのではないでしょうか。選挙権もこの夏（2016年）の参院選には十八歳の若者も行けるようになりました。

それに対して、後期高齢者の選挙権をどうするかというのは、議論にもなっていません。私は選挙権を委譲するという提案をしたことがあります。もう自分で歩いて投票所に行けないとか、九十歳以上とか、そういう人たちは、自分の信頼する人に委ねることにしたらどうだろう、という提案です。本当は、希望者は、選挙権も返上できるようになってもいいかとまで思いますが、実現するのは相当難しいでしょうね。

いま出ている、高齢者に対するハウツー本というか、生き方指南の本は、基本的には、年を取ってもオシャレを忘れるなとか、運動は大事、とか、そういう内容のものが多い。しかし、本当は宗教というのも大きな要素なのです。若いときは考えなかったことを考え得《う》る時代に入っているわけですから。

人間は自分のために生きたいと思うときと、他人《ひと》のために生きたいというときと、二つがあって、それを仏教の世界では「自利利他《じりりた》」と言います。「自らを利することと、他を利することは一体だ」と考える。

選挙に行くかどうかという問題も、要するに、有権者として、社会を良くするために自分の一票を使うのだという意識ですが、自分の一票を、「この人たちに投じれば良くなる」という選択肢がいまの日本の政治にはないということが問題ですね。

現代の「楢山《ならやま》送り」

最近、五十代の知人に「電車の中で無作法《ぶさほう》にしている若者にたまたま出くわしてしまったとき、注意したほうがよいでしょうか」と聞かれました。そこで「いや、しないほうがよいと思います」と即答しました。

自分の若いときのことを考えると、そんなふうな無作法なこととは違う意味で、やっぱりひどく愚かだったなと、しみじみ思うのです。

大学の頃のことを考えると、自分はなんてバカだったんだろうと思いますね。大学生といったら、もう二十歳ぐらいにもかかわらずです。

例えば、ソ連時代にスターリンが亡くなったとき、仲間の学生たちの中で、「弔いの花輪」というスターリンに捧げる詩を書いて、野間宏から激賞された人がいました。そして仲間たちも、涙を流してスターリンの死を嘆く人が少なくありませんでした。「革命の父が死んだ！」みたいにね。

それから二年ぐらい経つと、フルシチョフの「スターリン批判」が出た。そのあとさまざまなことがわかってくると、「自分たちは何も知らなかった」ということになってくる。いろいろな意味で、やはり愚かだったとしか言いようがないという青春なんですよね。それにしても、信じていたことや、それについて一所懸命言ったり、がんばっていたことの土台が、なんと愚かしいことだったのだろうと思います。

ですから、後悔はしますが、正直、若いときのことをなつかしく思ったりしたことはないのです。振り返ると、ギャッというような感じのことばかりです。

ですから、いまの若い世代を見てああだこうだと言うけれど、それはこちらが年取ったからそう感じるだけのことではないか。

かつては、年長者は群れのリーダーにならないといけない、みたいな感覚もあった。リーダーが一人か二人、村長《むらおさ》と言われる長老が少数者であった時代ならば、それでよかったでしょう。しかし、まわりじゅう年寄りになってしまうとどうしようもない。

昔は楢山《ならやま》送りとかいろいろなことをやって選別していた。高齢者の中で能力のある人たちだけが長老として残るということだったのでしょうけれども、いまやもう、みんなが残るという感じですから。

いまの一番の問題点は、寝たきりの状態です。最近では「寝かせきり」と言うそうです。本人が好きで寝たきりになっているのではないのだから、寝かせきりだと。寝かせきりの状態にされている人たちを生かしておくことだけで、経済効果が出るようです。末期医療については、高額な治療をどんどん使えるので、何人か寝かせきりの患者をかかえておけば、それなりの経営が成り立つ。いまやそういう産業構造のマーケットになってしまう。ひどい話ですけれども、現実のようです。

そのへんの話はタブーになってしまっています。

昔の楢山というのは、送り出してしまえば放りっぱなしでした。いまの楢山というのは、末期介護のところへ入れてしまって、三年、五年、生かせば生かすほど経済効果が上がるという悲惨な状況ですから、本人がほとんど痴呆状態で意識をなくしているのに、ちゃんと生きているという事態になっている。そういう状態になっても、人間は生きるのですよね。

私の友達の医者のお父さんが、自殺ではないけれども、自分で死を選んだという例がありました。ちょっと体調が悪かったようですが、食べることを拒否して、最後は水も飲まないようにして、枯れるように死んでいかれたそうです。これはもう自死覚悟の、と言っていいでしょう。

安楽死を合法化した国もありますが、いずれこの国でも、そのことが問題にされる日が来るに違いありません。

「もう、この辺で疲れましたから、失礼します。いろいろお世話になりました」と皆さんに別れを告げて、非常に気持ち良く去っていけるのなら、それでいい。まわりも気持ち良く送れるのなら一番良いと思っています。ですが、それはなかなか言いづらいことですし、ちょっとタブーになっている部分がありますね。

犀《さい》の角のごとく独り歩め

「絆《きずな》」というのは、血縁、血のつながりが一番目に来ます。血縁から始まって、いわゆる都市生活みたいなものができ上がってくると、血のつながっていない人間同士でも、あるフレンドシップをもって付き合わなければならなくなります。そこで次に地縁というのが生まれてきます。

さらに、その次には職縁というか、同じ一つの会社にいる人との関係。労働組合などは職縁の典型的な例でしょう。

ただ、日本の場合、地縁という「どこどこのクニの出身で」というお国意識が強く、明治以来、長州閥に代表されるような典型的な地縁社会ですね。

アメリカではコミュニタリアニズムといって、人々が属する共同体の中の安心感とか心強さを大切にし、その中の人々の連帯で生きていこうとする流れがいろいろ話題になっています。しかし日本では、どうもそういう形にはならないのではないかと思います。

やはり、「家族からすらも独立しなければいけない」という意識が必要になってくるのではないか。下重暁子《しもじゅうあきこ》さんの『家族という病』（幻冬舎新書）などは、おそらく、血縁からの自由を求めてのあがきみたいな葛藤があったからこそ多数の人の共感を得たのではないでしょうか。

普段からちゃんと連絡が取れるようにしておいて、もしも自分に思いがけない事故があったり、発作が起こって亡くなったりしたときは、まわりに迷惑がかからない次元で、あと始末ができるようにしておいて、それで独りで去っていくというのは、私は全然イヤな気はしません。それをわびしいとも、さびしいとも考えない。
ある作家の臨終近くに見舞ったことがありますが、その作家の枕元で、子供たちが相続に関して、大揉《も》めしているのを見ました。そういうのを見ていると、なんともやりきれない気分になります。

ですから、独りで生きていく、犀《さい》の角のごとく独り歩めという覚悟が大事なのです。家族がいたり、友人がいたりするのは結構だけれども、自分が孤独で不完全なものだから、他人にそれを補完してもらおうというような考え方は、これからは無しにしたほうがよいと思うのです。

遊行期というのは、まさにそういうことですね。インドで、なぜ年寄りが、家族を離れて一人で彷徨《さまよ》い出ていくのか。私もガンジス河の畔《ほとり》まで行って、そういう老人たちが泊まっているユースホステルの逆の老人ホステルみたいなところに行きました。それを何かさびしいと捉えるのは間違っていると感じました。一人で、明るく、機嫌良く、元気に生きていくということを考えたほうがいいですね。

高齢になっていけばいくほど、単独で生きていくという、その練習が必要だと思うのです。昔は、それを補完するものとして宗教というか、仏教とか、いろいろありました。

例えば、真宗の場合には、親鸞の言葉に、

一人いて喜べば、二人で喜んでいると思え。二人で喜んでいるときは、三人で喜んでいると思え。その中の一人は親鸞である。

というのがあります。「あなたはどんなときでも独りじゃないよ」と言っているのです。そこにいるのは、妻でも子供でも孫でもない。自分の信じる、あるいは、心の中でいつも一緒にいる同行二人《どうぎょうににん》というような感覚があれば、独りでいても、孤独感などに苛《さいな》まれずに生きていけるのではないか、ということですね。

ですから、「孤独死のすすめ」などと言うと、すごく刺激的で、むごいように聞こえるかもしれないけれども、昔の西行とか芭蕉とか、いろいろな人たちが旅の途中で死んでいった、そういう生き方を、もう少しきちんと、最初から意図して学んでもよいのではないかと思いますね。

いずれにしても、かなりの高齢に達した子供たちが、例えば、七十代の子供たちが九十代の自分たちの親をみるのは大変です。本当にそういう状況の中で、殺して自分も死のうかと思うこともあるのではないでしょうか。

先日、毎日新聞の調査で、高齢の親を介護している家族たちの三〇％あまりが衝動的な殺意を覚えたという記事がありました。これは本当のことだと思いますね。殺意を覚えるというのはどうしてかというと、介護されている親がある種の痴呆の要素、アルツハイマーなどが出てきて、ものすごく乱暴になったり、ちょっと言葉に言えないようなことを平気でしてしまうからです。ですから、問題は、どのようにして最後まで自分の意識を保ちながら、落ち着いて最期を迎えられるか、日頃からトレーニングしておくということが大事になってくる。

また、尊厳死の問題というのがあります。自分は充分にこの世の人生を生きた、これ以上意識が混濁して、まわりの人たちに迷惑をかけたくないと思った高齢者が、どのように去っていけるか。昔は楢山送りとか、いろいろありました。かつての農村では、間引きと楢山送りが、べつに何も変わったことではない、当たり前だった時代があったのです。

そうなってくると、最後はやはり自分に徹するしかない。

普通、世間一般に言われていることは、仲間づくりだとか、コミュニティに参加しなさいとか、そういうアドバイスがもっぱら出てきます。それはそれでべつに悪くないでしょう。しかし、一緒にゲートボールなどやりたくない人もいるだろうし、自分流の生き方を通したい人もいるはずです。

私はやはり、孤独を嫌がらない。孤独の中に楽しみを見出す。後半生はそういうことが大切だろうと思います。人生の前半は、友達をつくり、仕事仲間をつくり、職業に徹して人脈を広げていき、社会に寄与するという役割があるけれども、後半生はそれを少しずつ減らしていく。

　私は以前から、年賀状というものが五十歳ぐらいでピークに達して、それから先は一年一年少なくなっていって、最後は二〜三通になって、ついに一通も来なくなるというのが理想だと思っていましたが、どうもそうはいかないんですね。いままも、印刷された年賀状が山のように来る。

　ですから、仮に家族に囲まれて幸せな中で生きていたとしても、その人は家族に甘えてはダメなのです。みんなに自分は大事にされているというところに甘んじてはダメです。そもそもが、そういうような「子供や孫たちに囲まれて」というような時代は、もうあり得ないと思ったほうがよい。それを期待しないほうがよいと思います。これから先は、老人ホームであれ、末期の療養所であれ、死ぬときは独りだ。そのことを悲惨とか、さびしいとか、悲しいとか思わない。独りで生き、独りで去っていくことの幸せを、自分で自分につくるしかないわけです。

　どのように高齢期を生きていくかという問題は、一人ひとりの人間にとっても、国にとっても大問題です。経済の問題もあるから、趣味に生きるなどということも簡単に言えません。

玄冬期に入る前の心構え

私は以前、『林住期』という本を書きましたが、そこでは、社会人としての務めを終えた人びとに、「これからは自分の好きなことをしましょう、この時期こそが人生の収穫期なのですから」というメッセージを届けようとしたつもりでした。

しかし、いま玄冬の門をくぐろうとする人に同じメッセージを届けようとしても、いささか無理があります。

実際問題として、体が不自由になっていきます。行動半径も小さくなるし、旅をしてお寺回りをしようなどというのは、白秋期・林住期にできることです。ある意味では、心の世界に遊ぶということしかできなくなってくる可能性がある。私も十年前は、百寺巡礼とか言って、室生寺《むろうじ》の七百段の階段も平気で上り下りしていたのですが、いまはまったくそういうことは不可能になりました。

人は誰でも、ある年齢に達すると足腰が非常に弱くなってきて、体の節々が痛み、夜もずっと通して安眠できないし、ありとあらゆる体の困難が出てきます。重い糖尿の人は、やがて透析しないといけないなど、困難がいろいろあります。そういうことをかかえて生きていかねばならないのですから、好きなことをするというわけにもいきません。白秋期だとそれはできる。若いときに音楽が好きだった人が、六十歳になってマーチンのギターを買いに行くなどという例も結構多いらしいですね。しかし、そういうことができるのも、ある年齢までです。

ですから、一括りにはできないけれども、結局、想像の世界に生きるというか、精神世界に生きるというか、そこでの遊び方をいっぱいもっているということが幸せなのではないか。

本を読むことは体が不自由でもできるのです。私の楽しみというのは、夜中に目覚めて本を読む。こんなに貴重に思われる時間はないと思うぐらい面白いのです。本を読んで知識を増やそうとか、どこかで何かの資料に使おうとか、そういう気は全然ありません。活字を読む快楽というか、これはもう、いまの私にとっては他に代え難い楽しみの一つです。

将来のことを考えると、大半の人は老人ホームや介護施設に入らなければいけない。そういうことをせずに、散歩したり、俳句を作ったり、ボランティアに参加したり、いろいろできるのも、ある年齢までなんですね。その年齢以降の時間が、これから結構長くなるのではないかということです。

ただ、いまは七十歳の人が、玄冬期に入っているという意識はまだないのかもしれません。実際に玄冬期に入るのは、八十過ぎでしょう。ただ、玄冬期に入る前に、心構えというか、レッスンはしておかなければいけない。

ヒンドゥーの教えでは、輪廻《りんね》というのがあります。基本的にインドはヒンドゥー教です。一時期仏教が栄えたし、ジャイナ教も多少はありますが、基本的にはバラモンから引き継いだヒンドゥー教です。

遊行期に入ったら、杖をついて家を出て、ガンジス川の畔《ほとり》で行き倒れになる。その覚悟で出ていく人たちが、旅先の村に立ち寄る。そうすると、村人たちは、「ああ、この人はもう遊行の人だな」と見て、木陰に椅子でも出して、そこでちょっと食事を出したり、食べる元気がない人には水を飲ませたりする。相互扶助というか、しばしばそういう「遊行者」というか、足を引きずりながらやって来る人たちを大事にもてなす例も多いみたいです。例えば、四国でも、お遍路の人たちに、お茶を出したりしますね。

でも、インドはちょっと例外ですから、参考にはならないかもしれません。あの国は、いまでも前近代と近代が同居している世界ですから。

第2章

「孤独死」のすすめ

子孫のために美田を残さず

個人差はもちろんありますが、体の自由が利くかどうかという意味では、七十～八十歳まではなんとかなる人も多いでしょう。

例えば、若いときに音楽が好きで、ミュージシャンを夢見つつも公務員になってしまったという人たちは、そこから何かやればいいと思う。大道芸人でもいいではありませんか。人生のコースをそこで大きくチェンジさせるというのはあると思いますね。一日も欠かさずきちんと会社に出て、勤勉に勤めた人が、突然フラフラでグータラになって、あちこちほっつき歩くというのだって、他人に迷惑をかけないなら、あり得る選択でしょう。

いま問題なのは、高齢者のあいだでの格差が大き過ぎるということです。年金生活で悠々自適という人がいる一方で、好きなように生きるなどという、そんな余裕のない人たちがたくさんいますから。

雑誌の特集などでも、「老後にはいくら資金が必要だ」とか、そんなのばっかりですね。

『サンデー毎日』で荻原博子さんが「幸せな老後への一歩」という連載をなさっていて、主に老後の経済面についてずっと書かれています。ある程度の経済的な安定がないことには、年を重ねて恋をするとか、異性に関心をもつとか言っても、到底無理なのです。

ですから私は、孤独と言うよりは「自立」と言ったほうがよいと思っています。「いったい何を始めるの?」と家族たちから心配されてもいい。しかし、何かやるにしても、自立する覚悟がなければ何もできません。

とりあえず、相続は考えないことです。いまの普通の、ある程度の大都市のサラリーマンは、自分の預貯金と、ローンを払い終えた家を一軒もっていると考えると、数千万円の資産のストックがあると言われています。そういう人たちが、子供への相続などを考えるからダメなので、九十までに全部使い尽くしてしまおうという計画を立てて、「九十過ぎたら、もう野垂れ死にでよい」という気にならないといけないと思うのです。

「子孫のために美田を残さず」に徹する必要がある。

一般には、相続する資産をもっている人が家族に大事にされる傾向があります。おじいちゃんが亡くなったら、いろいろもらうものがあるからと家族は考える。でも、その人が「いや、相続はさせない。俺が生きているうちにあるものは全部使ってしまう」と宣言したら、どうなるか。「じゃあ、勝手にすれば」と言って離れていく家族もいると思いますね。おじいちゃんが、なぜ自分のもっているお金も使わないでいるかというと、家族に大事にされたいからなのではないか。

いまの非常に現実的な戦いというのは、七十過ぎて、これまで自分がやったことのないような、外国へも行ってみたい、あれもしたいこれもしたいということで、大金をはたいて実行しようとすると、まわりの家族が必死にストップをかけることです。お金を使わせないためにです。

先日、取材で九州のクルーズトレイン「ななつ星」に乗りました。一泊二日で最高六十三万円あまり、三泊四日で最高百四十万円もします。それなのに、もう抽選でしか当たらないぐらい殺到しているらしい。洗面台が有田焼で作られていると か、豪華な列車です。そこへお父さん、おじいちゃんが申し込もうとすると、子供たちは大反対するわけです。「もったいない」と。

いま高級デパートなどでやっているクルージングのツアー、中には八百万というのもありますからね。老夫婦二人で行って千六百万円です。

そういうツアーに参加するのも、それはそれでいいとは思うけれど、私は、家族の絆から離れるという方法もあるのではないかと思います。自分で部屋を借りて、自分で資産を運用して暮らしていく。肉親、家族にすがるなということは非常に大事だと思いますね。そうすると、そこから、自分に残された日々をどのように生きていこうかというプランも出てくるでしょう。

「家庭内自立」のすすめ

遊行期の人には、社会とつながっていないといけないという意識も、必要ないと思います。コミュニティに参加することが高齢の人たちにとって大事なことのように言われますが、コミュニティとは水のように淡々とした関係を保って、まわりに迷惑をかけないことが一番の社会に対する貢献だと思いますね。

結局、これから先、イヤでも高齢者に対する風当たりが強くなってきます。このあいだ、軽井沢で若い人が大勢乗っていた深夜スキーバスがひっくり返った事故がありました。ドライバーが六十五歳だったので、高齢運転手に若者が犠牲になったと言う人たちがいて、それを言われたら、もう六十過ぎたら車の運転なんかできません。

社会とのつながりを断って、生活の中で楽しみを見つけていくことが遊行期の人にとっての一つの小さな冒険だと思います。どんなに親切な家族でも、家族がいると自分の思うようには生活できないものです。みんなが食事を作っているのに、自分だけ別の食事を作るわけにもいかないでしょう。だいたい、現役の家族が七十、八十になった人と生活のリズムを一緒にしようというのが間違いではないのか。

私はＮＨＫのラジオ深夜便で朝四時の番組をやっていますが、そんな時間に聴く人がいるのかと最初は思っていました。ところが、高齢者は午後八時ぐらいに寝て午前三時ぐらいに目を覚ます人がいるそうですね。起き上がってゴソゴソしていると、家族から「おじいちゃん、うるさい」と言われるから、六時ぐらいまで布団の中でジーッと、みんなが起き上がるのを待っている。目は覚めているのに。仕方がないから、そのときにイヤホンをつけてラジオを聴くということで、聴取率が高いらしいです。

そういうことを考えていると、やはり家族と一緒に住んでいることの心強さはあるけれども、一方でそこに不自由さがあるような気がします。ですから、一旦家族の絆から解放されて、独立して生活をやってみる必要があると思いますね。

夫婦も、同じ一軒の家の中に住んでいても、ある年齢以降は別々に、勝手に生きるほうが本当はいいのではないでしょうか。ですから、共棲自立のすすめというか、一緒に住んでいるけれども、生活のリズムその他、何時に起きるかも、お互い勝手にやる。いつまでも手をつないで買物に行くとか、そんなことしなくてもいいという人もかなりいるんじゃないでしょうか。ことに女性にはね。

親鸞は六十二歳のときに京都へ出て、そのときに奥さんはついて来なかった。新潟の実家へ行ってしまった。それから、親鸞が死ぬときも奥さんは立ち会っていない。それでも、まあ理解し合える良い関係だったらしいですけど。

人は一般に、二十代なり三十代なりで結婚して家庭生活をもつ。当分のあいだは、そういう、二人で共同して生きるということが良い時期があると思います。でも、ある時期に達すると、一緒にいても生活のペースがどこか違ってきます。それぞれがもっていた生来の個性というものが出てくるからでしょう。高齢に達して二人で顔を突き合わせていればいるほど、食い違いも出てきます。

ですから、乱暴な言い方ですが、同じ家に住んでも、三日ぶりに顔を合わせても全然おかしくないと思う。そういうあり方もあっていいと思います。お小遣いも別々にするほうがいい。

私は昔から油のような人間関係は苦手でした。この人は友達になりそうな良い人だなと思ったときは、わりとその人と密着しないのです。その代わり、年に何度か会ったり、手紙をもらったりします。そういう関係が、五十年、六十年続いている。細く長くというか、「君子の交わりは淡きこと水の如し」と言いますが、油のような付き合いというのは、どこかで食い違うと切れます。本当の親友とは、たまに会うのが良い。

ですから、夫婦もひっくるめて、家族の中で、ある年齢に達したら、自分の分離独立を考える。そういう生活のペースを確立する。「おじいちゃんは全然ペースが違うから、ほっときますよ」と言われてもいい。理想を言えば、家族とは別に近くにアパートでも借りて住みたい。そもそも、家族とは寝る時間も起きる時間も全然違うのですから。そうすれば、お互い生活のリズムが狂うこともありません。

自分の面倒は自分でみる

配偶者との場合は、お互いが独立志向で、ときどきデートすればいいんですよ。たまには一緒に映画でも行くとか。

普段、いちいち下着から靴下まで世話されていては、世話するほうもイヤになります。自分で洗濯ぐらいすればいい。私が言っている独立は、そういう意味です。自分の面倒は自分でみるということです。「オーイ、お茶!」は、もう無理ですね。

奥さんというのは、当たり前のように食べた食器を洗わせられるのは、すごい不満があるのです。ですから、旦那は旦那で勝手に食べる。その代わり、洗い物も全部自分でする。本当は洗濯だって、奥さんの本心は「なんで主人のパンツを洗わなきゃいけないの？」という感覚があるみたいですね。

いま言っているのは極端な例ですが、心がけとして、子供や家族から独立する。できれば配偶者からも、それぞれ独立した人格として付き合っていく。そういう家庭内別居ができれば理想でしょう。

ですから、いまここで問題にしているのは、自分で自分の面倒がみられる人たちの話です。独りで生きていけない、要介護でなければ生きていけない人は例外です。そうでないと話は進まない。

でも、ある年齢に達すると、介護の問題は否応なく出てきます。

テレビのドキュメンタリーなどを見ていると、何十年も奥さんの世話をしながらずっと生きてきた人とか、本当にその人の人生はそれに賭けてしまっているというか、感動的であるとともに、ため息も出てしまう。

奥さんの介護にくたびれ果てて、絞め殺して自分も首を括ったなどという話もあるでしょう。人間のエネルギーには限界がありますから。

最近、問題になっているのは、片親の介護だけではなくて、両親それぞれ要介護で、別々のところに行かなければいけない人が結構います。お母さんが新潟の施設に入っていて、東京に来てくれと言っても、知らない土地はイヤだと、地元で独りで暮らしているものだから、土日は毎回新潟まで通っている友人がいます。見ていると大変です。金曜の夜から、夫婦別々にそれぞれの実家に両親の世話に帰るという話もよく聞きました。

長いこと会社人間としての人間関係があって、友達もいるし、取引先もある。地縁、職縁ですね。それが退職してなくなってしまったときに、誰でもすごく孤立感を覚えるようですが、でも、それをいつまでも引きずっていてはダメでしょう。そこから一回生まれ直したというように決断しないといけない。これからは本当に自由人、肩書きも何もない一人の自由人として生きるのだと。

それからでも働きたい人は働けばよいですが、いま、そういう人たちに開かれている職場というのは、だいたいガードマンとか、簡単な作業ですよね。職歴を活かすような仕事はなかなかありません。そこで起業して、自分で新しい事業を始めてがんばる人もいますが、なかなかそううまくはいかないようです。

編集者が定年退職して、一度は考えるのが、一般には編集プロダクションです。退職した人からよく「編プロを始めたからよろしく」と挨拶状が来ます。しかし、だいたい半年か一年ぐらいしか続きませんね。いままでやってきた仕事の人脈を活かしてやろうとするけれども、なかなかそう簡単にはいかない。

例えば、これまでよく言われた「高齢者へのすすめ」の中に、「自分史を書く」というのがあります。自費出版したり、いろいろする人もいますが、これもなかなか難しい。いまは昔と違って、インターネットでホームページを作るのが簡単にできますから、ブログなどに載せるということもあるでしょうけど、まあ、それも一つのやり方ではあるけれども、やはり活字の本にしたいと思う。

この頃は、いろいろな趣味のサークルがあるし、カルチャーセンターもあります。俳句をやる、和歌をやる、民謡をやる。いろいろなことができます。でも、必ずしもそういうことで満足できるものではないような気がします。老後の楽しみというのが、そういう感じではちょっとつまらない。

しかし、そういうことをするにしても、しないにしても、第一歩は家族離れです。ファミリーからの独立を得て、最後は単独死するのだという覚悟。子供たちに看取られて死ぬということは、いまはもうあり得ないと覚悟する。最期は独りでこの世を去るのだという覚悟を決めたうえで、いろいろな道が開けるような気がします。

「再学問のすすめ」

高齢になって新しいことを学ぶというのもすごく大事なことです。

私はいま『再学問のすすめ』という本を書こうとしているところです。福沢諭吉は、若い人たちに「学問をしろ。出世も何もすべて学問次第だ」と説いたけれども、私の「学問のすすめ」は高齢者のための「すすめ」です。つまり、人生を一回リセットして、全然違うことを勉強する。

誰もが何かの職業に就いて生きてきたわけだけれど、それは子供のときから夢見た職業とは違ったかもしれない。そういう場合に、今度は長年親しんだ職業とは縁もゆかりもない分野のことを勉強してみるのです。例えば、考古学をやってみるとか、学校に聴講生として通ってみる。いまは社会人のための講座もたくさんありますから、そういうふうにもう一遍学問することはすごく大事だし、面白いことだと思いますね。

ただ、私が五十歳前後に、京都の龍谷大学に聴講生として行ったときの実感から言うと、若い学生たちは、全然世代の違うオッチャンが一人、前のほうに座っていて、手を挙げて質問したりすると、鬱陶しい感じがしていたみたいです。私が質問すると、みんな舌打ちして「これで終わるはずだったのに」という雰囲気でした。

集団というのは、やっぱり同世代の人たちで固まるものです。そこに仲間入りして、みんなによくしてもらおうと思っても、それは無理です。若い人たちのあいだでシェアハウスが流行っていますが、そこに一人六十歳ぐらいの人が仲間に入れてくれと言っても、それは雰囲気を壊すことになる。先ほど言ったように、若者たちと連帯して一緒に仲間入りしようという甘い希望は捨てて、世代が違うのだから独立する意識をもたないといけない。自分の孫なら面倒をみてくれるだろうけれども、ほかの若者が歓迎してくれるとは限りません。

社会人のための特別講座とか、大学でも結構、年配の人たちが集まる授業がありますから、いくらでもチャンスはあります。学生の頃は、休講になると喜んでいたけれども、あとで勉強しだすと、休講になると本当に腹が立つのですね。勉強って、こんなに面白いものかと驚きました。五十過ぎて、先生が黒板に書いていろいろ話したりするのを聞くのは本当に感動する。ですから新入生のつもりでどこかへ学びに行くというのも一つの道ですよね。

移動さえできれば、学ぶときは席に座るなりでいいわけだから、遊行期になってもできます。

ですから、ある種の痴呆になって徘徊するというのではなくて、自主的に徘徊するというのが遊行期の大事なことだろうと思います。先ほども言ったように、無理に仲間入りしようと思わないことがまず大事です。そういう人たちのあいだに入って、溶け込めると思っているのが甘えだと思う。

先ほどから言っている「絆《きずな》」というのも一つの甘えだと覚悟する。生まれたときは「天上天下《てんげ》唯我独尊」です。独りで歩むということなのだから、原点に戻る。そうすると、自ずといろいろな世界が豁然《かつぜん》と開けてきそうな気がしてくる。そこから、こういうこともどうだ、ああいうこともどうだというメニューが出てくるんじゃないでしょうか。

年を取って勉強するというのは、すごく面白いことですね。

妄想に遊ぶ楽しさ

独りで生きるということ、孤独の中で生きるということは、ある意味では辛いことです。耐えないといけないし、孤独感が身に沁みるときもあるだろうと思います。それは納得して乗り越えていかないといけない。そこから得られる自由のほうが大事なのだという覚悟が必要です。まわりの絆を不自由に感じて生きているよりは、自由に生きたいということです。これまで家畜のように暮らしていたのが、放たれるというような感じですね。

昔の中国では、ある年齢に達すると、老人はアヘン窟に行く人が多かった。高齢の老人がゴロゴロしながらキセルでアヘンを吸っている。ずっとアヘンを吸うと食欲がなくなって、枯れるようにしてそこで死んでしまう。それは、ある意味で良いかたちの楢山《ならやま》だと思います。羽化登仙《うかとうせん》というか、うっとりと陶酔しながら、気持ち良く死んでいけるわけですから。アヘン窟というのは一種のマイナス尊厳死の施設だったと言っていいと思います。

高齢者にとっての幸福感というのは、精神世界というか、空想なり妄想の世界に遊ぶということです。それが、ものすごく大事だと思うのです。先ほど言った、アヘン窟でアヘンを吸っている人たちというのは、人工的にそういう世界をつくっているのだと思いますが、それと同じように、自分で空想の幅を広げていく。空想の中でなら、どんなに恋をしようと不倫をしようと、何の文句もないわけだから、想像力の翼を無限に広げて、妄想に遊ぶということはすごく面白い。「妄想に遊ぶ」というのは悪いことのように思われるけれども、そうではないです。なにも人に害を及ぼすわけではないですから。

私自身は子供のころから妄想癖というか、いつも想像の世界に行くことがありました。講談本を読んでは忍者のつもりになって、印を切って、火遁《かとん》の術をやってみて、母親に「見える？」と聞いたら、「見える」と言われてガッカリしたりしたものです。

ピーターパンの物語を読んで、屋根から飛び降りて怪我したこともありました。羽ばたけるような気になって飛んだのです。

父親が国語の教師だったので、官舎に住むことが多かったのですが、父親が転勤する度に、小学校で三回、中学校で三回変わりました。転校生だから、古くからいる友達と一緒にグループをつくって遊ぶということができにくかったから、やたらと独りで空想癖を広げていました。

そういう子供時代をずっと過ごしてきたので、仲間というか、遊び相手がいなくても時間を過ごす術を身につけてきたのです。ですから、孤独には慣れていました。いまでも、文壇のパーティーとか、芥川賞とか直木賞とかのパーティーにはほとんど出たことがないのです。人の多いところへ行って社交的に振る舞うというのが大の苦手です。

しかし、それは、ある意味では幸せなことだと思います。友達が次から次へと鬼籍に入って、「ああ、野坂昭如《あきゆき》もいなくなった、阿佐田哲也もいなくなった」と思う。さびしいかと言われると、べつにさびしいとも思わないのです。人の絆に依存して生きていないから。

ですから、一見、孤立して生きるというのはさびしい生き方のように見えるけれども、年を取ってどんどんそういう人脈が減っていくことのほうがよっぽどさびしいでしょう。ですから、孤独に慣れるというか、孤独を楽しむというか。孤独の幸せ感を覚えることは大事だと思います。

孤独の幸せ感

孤独の楽しみを最大限にもっていた先達にどんな人がいるか。思いめぐらしてみると、月並みですけど、親鸞がそうでしょうね。親鸞は六十三歳で京都へ帰って、九十歳で死にました。何人かの弟子がいるぐらいで、教団もつくらず、そういう仲間と接触せず、ただ本を書いたり、書写に努めたり、また、手紙を書いたり、和讃を作ったり、死ぬまで京都の一角でじーっと暮らすわけです。その地では本当に孤立していたのですね。当時の宗教界ともまったく隔絶していて、関東の弟子たちから手紙をもらって、それに返事を書くぐらいの関わりしかもたなかった。あれはあれですばらしかったと思います。

また、法然が亡くなるとき弟子に言い遺したことは、「群れ集まるな」ということです。グループをつくるな。それぞれバラバラにいて念仏を広めろと言うわけです。ところが、法然が亡くなると同時に弟子たちが大きな追悼法要を企画して、浄土宗という組織を強化していくことになります。

また、ブッダも、自分が死んでも、葬式に携わるなと弟子たちに言ったけれども、すぐに遺骨の分配で揉《も》めるわけです。世の中はそういうものかもしれません。

とにかく、単独死とか孤独死とかいうものが、非常に惨めでさびしいように言われていますが、まわりを孫や親戚に囲まれて、「おじいちゃん」とか、涙ながらに見送られても、本人はもうほとんど意識がありません。死ぬときは独りですから。本人はもうわかっていないでしょう。最近は、病院でガラス窓越しに見ていて、心電図の波形がフラットになったのを確認して、「残念ながらご臨終です」と医者が宣告して終わるという例が多い。

亡くなって三〜四日してから発見されるようなケースで、それを何か、とてもかわいそうなことのように言います。近所に迷惑がかかるからそういうことも言われますが、最近では、象印の魔法瓶に無線通信機が内蔵されていて、ちゃんと使われているかどうか、離れて暮らしている家族にインターネットを通じて情報が行くサービスなどもありますね。地方紙は、二回ぐらい新聞が入ったままになっていると、配達の人が上がってみるとかいう取り決めのところも多いそうです。そういうこともあるし、連絡先をきちんとしておけばいいのではないでしょうか。

現在、単独で暮らしているお年寄りは、すごく多いと思います。地方でも、息子たちがみんな町へ出てしまって、単身独居の生活をしている人たちもたくさんいる。それを、やむを得ず、惨めに転落してそういう状態になっているのだというのではなく、一つの生き方として考えたほうがよいと思います。なにも、別々に暮らせと言っているのではありません。心がけとして、家族と一緒に暮らしたり、配偶者と一緒に暮らしたりしていても、気持ちはもう単独者だということです。そういう気持ちで生きていけたらいいと思うのです。

隠遁《いんとん》は憧れの的だった

鴨長明が五十歳ぐらいで山に入って隠遁生活をしました。これが理想なんですが、いまはなかなかそういうふうにはいかない。ですから、都会にいて隠遁するということを考える。ちょうど平安時代末期から鎌倉期にかけては、隠遁というのが流行した時代なのです。比叡山に行った人が、例えば、法然なども「智恵第一の法然房」と言われて期待された人ですが、十代で黒谷《くろだに》という別所に隠遁してしまうのです。隠遁に憧れる風潮がすごく流行して、カッコいい生き方ということになった。西行法師などもひっくるめて、隠者、隠遁というのが流行で、憧れの的になるのです。ライフスタイルとして素敵だったということです。ですから、隠遁に憧れる人たちがどんどん出てくるという、当時の流行ではあったのです。

法然は、十八歳ぐらいで黒谷というところへ行って、比叡山の出世コースからは下りました。そのあと、そこでさらにいろいろ勉強したあとに、今度はいよいよ野《や》の聖《ひじり》として京都の街中へ出てくるわけです。

親鸞は二十九歳で比叡山を下ります。それは、山奥に身を潜めるのではなくて、巷に隠遁するようなものです。リタイアして出世コースから外れることが、憧れの的だった時代でもあるわけです。隠遁者がスターだった時代です。

その親鸞にしても、晩年は「物も忘れ、字も乱れ候」みたいな形で自覚するのです。これまでスラスラ出てきた仏さんの名前が出てこない、暗記していたお経の文句が出てこない。それから、あんなに律義な字を書いていた人が、かなり崩れた字になる。でも、それを自覚しているからすごいです。そして、八十四歳から九十近くまで物を書き続けて、五百数十の和讃を残して亡くなるわけですから、大したものですね。もう、それだけですごい人なのです。

つまり、それまでの親鸞以前の考え方というのは、ほとんどが早熟の思想というか、青年期の思想なのです。ところが、親鸞は晩年の思想として、行き着くところまで行き着いた。いまの我々に対して親鸞が何かアピールするものがあるとしたら、七十過ぎての思想家というところですね。七十から九十までのあいだに大きな仕事をした人の第一です。

「孤独死」のすすめ

『現代と親鸞』という、親鸞仏教センターが刊行している学術的な研究誌があって、そこで社会学者の上野千鶴子さんが呼ばれて講演をされたものを採録していた号があったのですが、その中ですごく衝撃的だったことがいくつかありました。

まず、いま高齢者の特養（特別養護老人ホーム）などをもっとつくれという意見があるけれども、高齢者の方々は、そういう老人ホームなんかに入りたくないのだという。息子が因果を含めて「お母ちゃん、頼むから、しばらくここで我慢してくれ」と言って親を押し込んだりしている。でも、いくら建物をつくっても、高齢者たちは、誰一人、本番で特別養護老人ホームに入りたいと思ってはいないというのですね。

さらに、別の場所で講演をされたときに、上野さんは聴衆にこう聞いたといいます。「この中で、孫や子供たちに囲まれて末期《まつご》を看取ってもらいたいと思っている人はいますか？」誰も手を挙げなかったそうです。みんな首を横に振る。では、「最期のとき、誰かに手を握ってもらってお別れしたいと思いますか？」と聞いても、みんな一斉に首を振る。それには衝撃を受けたと、上野さんは語っておられました。これには私も驚きました。

意外にみんな、そんな幻想は持っていない。家族や肉親に囲まれて「がんばって」「しっかりして」なんて言われて死にたいとは思っていないのです。いまの老人たちは、もっと醒《さ》めているのではないか。肉親に囲まれて、手を握られてサヨナラをしなくてもいいと思っているということは、孤独死や単独死が非常に悲劇的なようなかたちで語られるけれども、実際には、独りで死ぬことのほうが、みんなが心の中で望んでいることではないか。私は、これまでも独りで死ぬことについて何度も繰り返して書いてきましたが、この世に生まれてきて、最期は独りになっていくということの大事さを、繰り返し強調していきたいと思っています。

普段から、独りでいることのレッスンというか、トレーニングというか、孤独のレッスンをやっておく必要がある。前にも言ったように、晩年になるにしたがって、友達で先に逝く人もいるし、離れていく人もいるし、少なくなっていくけれども、それをきちんと意識的にやっていけばいいのです。年賀状が去年の半分になり、来年はさらにその半分になる。最後は年賀状などというものも来なくなって、自分も世を去るのが理想ですよね。

だけど、いまは、人とのコミュニケーションの輪を広げようとすることばかりが強調されています。高齢者になると、何かのボランティアに入ったり、いろいろ勉強事をみんなでやりましょうというようなすすめがあるでしょう。そうではなくて、どんどん独りになっていくべきだというのが私の説です。それで、やはり人間は、最後は独りで物をじっくり考えたり、感じたりしながら、自然の移ろいの中で穏やかに去っていくべきだと思います。

「孤独死のすすめ」、「単独死のすすめ」です。

それから、家庭内自立というのは配偶者との問題だけではなくて、子供、孫とも、一緒に暮らしていても、できれば別々の生活をする必要があります。自炊して、離れの一間に住んで、ときどき顔を合わせるようなかたちでね。それが私の家庭内自立という説です。昔は林住期になって、家を出て林に住むと言ったけれども、そんな鴨長明みたいにはできないから、同じ家に住んでいても、その中できるだけ自分のペースを守る。ですから、嫁が食事の支度もしてくれる、お風呂の世話もしてくれるなどと思わずに、面倒くさくても、自分で自分の生活を独身に戻ったつもりでやっていくべきだというのが、私の意見です。

孤独の楽しみのためのレッスン

高齢者になったら、例えば、社会的に活動しなくてもよいと思っています。出ていって人との輪をつくることなど考えなくてもよい。いま、音楽を聴くとなると、無限にいろいろな形でクラウドから引っ張り出して聴けるでしょう。独りで音楽を聴く楽しみというのがある。自分が若い時代に流行った音楽で、いまはあまり顧みられていないけれども、聴けば聴くほど思い出も広がってくるし、味わいもある音楽が無限にある。

私はタンゴの曲を聴きたいですね。タンゴの音楽は、一九三〇年代、熱病のように流行して、スペイン内戦の始まり、一九三六年あたりから一挙に、なぜか幻のようにに退潮していくのです。そのタンゴの音楽を、この歳になって心ゆくまで聴く。

クラシックが好きな人はクラシックを心ゆくまで聴く。最近は良いヘッドフォンがありますから、まわりに迷惑をかけずにそういう音楽を聴く。

それから、孤独の一番の友は、やはり何といっても活字です。本を読む。これに勝る楽しみというか、快楽はありません。ちょっとのあいだでも、五分間でも読める。私は、トイレに行くときは本を離したことがないし、トイレにも眼鏡を置いています。トイレに座って、変に力んだりせず、本を読んでいるあいだに、いつの間にか終わっている。暇さえあれば、寝転がって読んでいる。寝る前も読んでいる。夜中に目が覚めるとまた読む。

映像が好きな人は映像でもいいですよね。いまはコンパクトな受像機もあるし、DVDやCDもたくさんあるから、そういうもので、古い、クラシックな映像を楽しんだり、聴いたりする。いまはBS放送、CS放送も、見るべきものはすごく多い。テレビはメディアの中でも非常に軽薄なメディアになったかのように言われていますが、ドキュメントなどを丹念に見ていくと、実に面白い。特にヒストリーチャンネルとか、ナショナルジオグラフィックとか、そういうものを見ていると時間があっという間に過ぎていきます。そういうものを自分で選んで見る。映像を見るのは決して受け身の作業ではないと思います。それは、言わば人間の文化の宝庫の中に積極的に分け入っていくことですから。

それから、日本の伝統的な俳句だとか、短歌だとか、そういうものに趣味をもつことも大事だし、独りでできることの幅を広げていくことも大事ですね。きょうは音楽を聴く日、きょうは活字を読む日、きょうは俳句や川柳を楽しむ日という具合に。

よく、みんなで楽しむということばかり言って、フォークダンスを踊ったりするけれども、高齢者が集まって、タンバリン叩いて童謡を歌わせられるなんて、あんなのは見ていて悲劇的です。人はやはり独居の喜びを発見したほうがいい。例えば、いまは塗り絵がすごく流行っているそうです。それから、印鑑を彫る篆刻《てんこく》なんかも結構やれることですね。そういう独りでできることの充実した喜びを、どんどん広げていくことが大事だと思います。

最近はパソコンで一人麻雀もできるそうだし、将棋をやる人だったらＡＩ将棋を指すことも、昔の棋譜を読んで楽しむこともできる。

するとがないとか、うちでゴロゴロしていて奥さんに邪魔がられるとか、とんでもないことです。図書館や記念館に行けばいい。一刻千金ですからね。老後の時間をとにかくエンジョイするということに関して言えば、黄金の時間がどんどん流れていくわけだから。そこをきちんとやる必要があると思います。

あらゆる絆を断ち切ろう

どうしても、昔からの友達だけではなくて、新しい友達を得たい、そしておしゃべりがしたいという人もいるでしょうから、そういう人はそうすればいいと思いますよ。でも、それももういい加減にしたほうがいいと思うのです。人生、六十、七十までのあいだ、イヤというぐらい人間とは付き合ってきているわけだから、その辺で孤独になっていく、内側へ収斂《しゅうれん》していくというのは、すごく大事なことだと思いますね。実際、同じ話を繰り返ししても、迷惑がられるだけですから。「その話はもう聞いたよ」という話になってしまう。

しかし、世の中では、人の輪の中に入っていって、年寄りにもかかわらず、嬉々としてみんなと一緒に何かやっている人を持ち上げる風潮があるでしょう。テレビなんかでも、若い恰好《かっこう》をして、若い人たちと一緒に何かやっているのを、良いことのように言いますよね。けれども、やっぱり高齢者は孤立すべきだと思います。もっと、例えば目に見えない世界とか、宗教的なものでもいい。神とか、絶対者とか、そういうものに対して思いを馳《は》せるとか、般若心経の写経をしたい人はやればいいのです。

他人に迷惑をかけずにできることは、山ほどあるのです。そういうことを丹念にやって、世間とある意味で没交渉になっていくということが大事だと思う。かなりの高齢の人で、国会前でのSEALDs《シールズ》のデモに参加したりする人がいますが、それはそれでよいけれども、本当は迷惑がられているのかもしれない。あの人、転んだらどうしようか、とか。

ですから、その世代というのは、そういう現実みたいなものにちょっと背中を向けて、悠久の世界に生きるようなつもりで、さまざまな独りの喜びというものを体験する必要があると思います。

ただ、人には個性があるから、人それぞれでいい。自分の全盛期に重要なポストに就いていた人は、肩書きがなくなったとき非常に不安になるといいます。それで、マンションの管理組合の理事長になったり、いろいろなことを最後までやろうとする人もいます。しかし、そんな人も、一回スパッと、自分の人生をリセットする必要があるんじゃないでしょうか。違う人生を生きるのです。

玄冬の門をくぐったら、もう、あらゆる絆を断ち切ろうというのが、私が先ほどから繰り返し言っていることです。

結局、親子、兄弟、夫婦の縁というもの以上に、大事なものがあるのではないかということです。信仰をもった人は神との絆が最高に大事ですから、子供を生贄《いけにえ》にしろと言われれば、するわけです。その人たちにとっては、絶対者との絆が一番大事なのですから。

いずれにしても、この世から消え去っていくのだという決意をもたないといけない。いつまでもしがみついているのではなくて。将来的には、もうこれで自分の人生はいいのだと思ったときに、しかし、どのように具体的に去っていくかということはあると思うけれども、現世において現世を引退するということはあり得る。

浄土思想の考え方では、現世において念仏を唱えて、浄土に往生するということが約束される。その正定聚《しょうじょうじゅ》の立場に立つと、人はその場で安心立命というか、生まれ変わるのです。つまり、後生が約束されたときに現世で人は変わるのだという考え方があります。

それと同じように、現実世界において引退するのだと。これからは、自分がこの世から消滅していくことを一つのゴールとして、それを自然に受け入れて、きちんと考えていかないといけないのではないか。存在することよりも消滅することを考える。「終活」などという俗な言葉もあります。それは、生きているあいだの相続の問題、葬儀の問題、そういう現実的な問題をきちんと処理しておこうという考え方ですが、そうではなくて、無から生まれて現世に生を受けて、また無に返る。返るときは、外部の力で無理やりに追い返されるのではなくて、自ら、この世から身を引いていくというつもりで生きていく。

そういう道もあるのではないでしょうか。

第３章

趣味としての養生

健康法が多すぎる

ちょっと調子が悪いとすぐ医者に診てもらって、処方された薬を律儀に飲む人がいます。一度に何種類もの薬を飲んでいる。あるいは、やたらとサプリメントを飲む人もいます。いまCSテレビでやっているような、ああいう健康（栄養）補助食品の売り上げが一兆円を超えていて、巨大な産業になっているのだそうです。そういうものに依存してしまわずに、自分で自分をコントロールする道をさがす。医療とか医薬からの自立、独立ということもまた大事です。

それにしても、いま世の中に流れているオピニオンなどは真逆のことが堂々と披《ひ》露《ろう》されて、我々はどちらにつくべきかということで右往左往しているような気がします。

癌《がん》一つ取ってみても、厚労省や日本医師会は「早期発見、早期治療」を徹底的に

PRしています。一方では、近藤誠さんに代表されるような、「癌は放置しておけ」という説もあって、迷いに迷って、「どちらかはっきりしてくれ」というのが、医療と健康をめぐるいまの一般の状況です。

「水はそんなに飲むな」という説も出てくる。「朝食は必ず摂《と》って、一日三食きちんと食べろ」という説もあれば、「一日一食でよい」と言う人もいる。

他にも、「ラジオ体操は体に悪い」とか、「ジョギングはよくない」、「膝の悪い人はウォーキングするな」とか、いろいろな説があって、みんな迷っている。「年寄りほど肉を食べろ」という説もあれば、一方で、「日本人の腸は草食動物のようにできているのだから、脂肪や肉をあまり摂ってはいけない」とか。本当に正反対の意見が氾濫している中で、きのうはこっち、きょうはこっちと、みんな右顧左眄《うこさべん》して迷っているのが現状でしょう。

「傷は消毒するな」とか「炭水化物は制限しよう」の夏井睦《まこと》さんや、江部康二さんの説に、多くの人が関心をもちました。それに対する反論も、医学界や製薬業界から多いけれども、そういう論にも一理ないわけではありません。

かつて、紅茶キノコの健康法というのが流行った時代がありました。それから、一時期は飲尿療法、オシッコを飲むというのが大流行したこともありました。

私はたぶん、睡眠時無呼吸症候群が多少あるらしいのです。自覚症状はもちろんないのですが。途中で息が一回止まってしまうらしい。まあ、それでも普段、ナルコレプシーみたいに、仕事中に居眠りしたりすることはないから軽症なのかもしれません。

先日も、山手線の運転手が一瞬眠ったというので、それをケータイで撮られてしまって、大問題になっていました。睡眠時無呼吸症候群の人は、昼間に一瞬、眠ってしまう何秒かがあるそうです。

とにかく、健康についてはいろいろな説があって、私も本当に迷うことがたくさんあります。

このあいだ、炭水化物制限をやっている人が不意に亡くなられて話題になったことがありました。その方の奥さんが、夫は糖質制限のせいで死んだのではないとちゃんとした声明を出されていました。以前から心疾患系の持病があったのだと、おっしゃっておられましたけど、マスコミではかなり攻撃されていたようです。

夏井さんとか江部さんとかは、いろいろなエビデンスをきちんと挙げて主張しておられますから説得力があります。しかも、江部さんの場合、お兄さんが病院を経営していて、そこで実際に患者さんに糖質制限療法をやっておられる。

旧来の医学が、例えば、脳に栄養を与えるのはブドウ糖だけだとがんばっているけれども、ケトン体などの働きもちゃんと認めないとダメですよね。

とにかく、それまでは、玉子を一日二つ以上食べると目が悪くなるとか言われていたのに、いまはいっぱい食べても平気だというし、年を取ったら肉を食べたほうがいいなどともいう。

病気の治療法が三年ぐらいで劇的に変わるのと同じで、これを食べてはダメだというのも何年かすると、もうガラッと変わるのですから迷うのが当然でしょう。

私は牛乳をわりと飲むのです。栄養があるからとかではなくて、好きで飲むのです。ところが、いまは、牛乳は意味がないという説が出てきている。まあ、好きで飲んでいるのだからいいかと思っています。

昔は、一日に一・五リットル水を飲めと言われていて、みんな首からペットボトルを下げて歩いていた時代がありますけど、いまはもう水毒という説もあって、水分はできるだけ食物から摂れと言われています。それから、ジョギングの害とか、ウォーキングも、一万歩なんてとんでもないという説がいろいろ出てきている。

そういう中で、きょうはあれをやり、明日はあれをやりで、みんな右顧左眄して迷っているのですね。そういうときには、自分の直感を信じて、これはどうもよくないと思ったらやめるのがいい。その代わり責任は自分で負う。それに徹する以外にない。結局、最終的な責任を誰かに取ってくれと言っても無理なので、自分で考えて、自分で決めなければ仕方がないことだと思います。

趣味としての養生

楽しみのタネというのは誰にでも何かはあるものです。怠け者で、「俺は何も関心がない」と言う人にも、何かあります。その中の一つとして、養生というのも趣味としてはすごく大事なことです。私も養生はある程度していますが、義務としてでもなく、健康法としてでもなく、面白いから楽しみでやっています。

「転ばないように、どういうふうにするか」、「誤嚥《ごえん》をしないように、どういうふうにするか」、「腰痛にならないように、どういうふうにするか」とか、さまざまな視点があり得ます。

知り合いの出版社の編集部の人で、軽い脳卒中で倒れて仕事がストップした人がいましたが、再起して無難にやっています。先日は、その人を質問攻めにして、脳卒中で倒れる前に何か予兆がなかったかを徹底的に聞きました。なかなかはっきりしたものはつかめなかったけれども、私は「突然」ということはほとんどないと思っているのです。蜘蛛《くも》膜下出血にしても、脳卒中にしても、心筋梗塞にしても、必ず予兆がかなり以前からあるはずだと考えています。

体との会話をしている限り、そういうものが信号として伝わってくるのですね。ですから、日常的に体と会話するということも老後の楽しみです。それは生き甲斐で、楽しみでもある。

睡眠についても、年を取るとよく眠れなかったり、早く目が覚めたり、頻尿で夜中にしょっちゅう起きたり、いろいろしますが、どのようにして少しでもそれを楽なほうにもっていくか。それは工夫ですよね。それこそが養生です。横向きに寝たほうがよいのか、上向きのほうがよいのか。温かくしたほうがよいのか、冷やしたほうがよいのか。そういうことを一つひとつ実験していくと、興味は尽きません。自分の短い老後の時間がすごく充実して感じられると思います。

ブッダの寝ている図を見ると、右側を下にして横向きに寝ていますよね。私も横向きに寝ます。それは、睡眠時無呼吸症候群がちょっとあって、仰向けに寝ていると喉を圧迫して起きやすいからです。本当はうつ伏せがよいけれど、そうもいかないから横向きで寝ています。

枕は高いほうがよいか、低いほうがよいかとか、自分で工夫して、「ああ、やっぱりこのほうがいい」というように考えることは、すごく大事なことです。日常生活のディテールを大事にする。「神は細部に宿る」と言うけれども、小さな人生の些事《さじ》というものを大事にする。

昔からの養生法では、あまり生水を飲んではいけないと言います。白湯《さゆ》を飲めと盛んにすすめられます。冷たい水をゴクゴク飲むと「ああ、気持ちがいいな」と思うけれども、それは胃に負担がかかる。中国人は冷たいビールは飲みません。かつて中国に行ったとき、「冷たいビールをくれ」と言ったら、「いや、うちは温ビールで、生ぬるいビールしか出さないのだ」と言われました。最近は日本風に、キリッと冷やしたビールを飲む人もいるそうですが、基本的に冷たいものは摂らないのが彼らの常識というか、習慣です。

そういう小さなことを一つひとつやっていくと面白いですね。例えば、白湯は、温かいときに飲まないといけないのか、冷めたものでもよいのか、とか。

それから、誤嚥《ごえん》の起きる原因は、無意識にやってしまうことなんです。カプセルの薬を飲むときでも、何のときでも、ほとんど無意識にやってしまう。そうではなくて、「いまからこれを飲み込むぞ」と、脳からしっかりと指令を出して、喉の気管を閉じる動作をきちんとしないといけません。

床に落ちているものを拾うとき、無意識にやるとぎっくり腰になります。「いまから腰を曲げて、床に落ちているものを拾うぞ。膝をできるだけ深く曲げて、腰は曲げないようにして拾おう」と、一つひとつの動作を意識的にやっていくことがすごく大事です。

階段を下りるときに転ばないためには、どうすればよいか。日常生活のなかで、下から二階まで一日に何度も上り下りする人がいるでしょう。下りる際に転倒して頭を打って亡くなる例が意外に多いそうですね。階段から下りるときは「こういうふうにしたほうがよい」という自覚が必要です。

私は日常、例えば、階段を上がるとき、昔風のナンバ歩きがいいのか、西洋式の、交互に体を捻《ひね》る歩き方がいいのか、階段の形状や傾斜にもよりますが、考えてから上がっています。どちらかというと、階段を上がるときはナンバ歩きのほうがよいみたいですね。右足と右手を同時に前に出すような歩き方です。

いろいろなことを日常で楽しんで実践していけば、一日は面白いことばかりです。誤嚥《ごえん》は、無意識にゴクッと飲むから引っかかるのです。ちゃんとした指令が咽頭まで行かないうちに飲んでしまうから、気管が適応できなかったりする。「いまから薬を飲むぞ。ちょっと大きなカプセルだからね」と自分に言い聞かせて飲む。

それから、物を咀嚼《そしやく》するにしても、誰でもだいたい嚙む回数が右か左に偏っているものです。それには理由があって、ちょっと虫歯があるとか、いろいろな問題もあるでしょうけれども、基本的には右も五十、左も五十で均等に嚙まないと、顔が歪んでくる。

そういうことを面白がって実践する。「健康法」というのは健康のためにするもの。それに対して「養生」というのは楽しんでするもの、というふうに思っています。

自分の体と対話する

ブッダは呼吸法について教えています。アーナ・パーナ・サティ・スートラというもので、中国語では「大安般守意経《だいあんぱんしゅいきょう》」という仰々しいタイトルのお経ですが、アーナは「入る息」で、パーナは「出る息」、「入息《にゅうそく》」と「出息《しゅっそく》」です。サティは「気づく」、スートラは「教え・経」という意味です。

私は、呼吸法を自分なりに実践・体感してきましたが、何十年もそれをやってきて、出る息、出息、つまり呼吸の呼である吐く息に意識を置いて、丁寧に長くするのがいい、と考えるようになって、いまもそうやっています。

食事の量についても、「腹八分目」というのは、三十代の働き盛りの人の適量で、十歳、歳を重ねるにつれて、一分ずつ減らしていったほうがいいと、書いてきました。しかし、これも、いろいろな説があって、いまは、「人は食べずに生きられる」というテーマの本がありますね。たしかに、森美智代さんという女性は一日青汁一杯で二十年以上も生きているという。一日一食で充分という説もあるし、南雲吉則さんという医者も一日一食主義者ですね。片方では、三食決まった時間にきちんと食べろと言う医者もいるし、どっちなんだと本を読んでいるほうは思います。

私はほかの人たちと違って、体重をもう二キロぐらい増やしたいのです。体重が少ないと、やっぱり疲れます。あと二キロぐらい欲しいので、だから、逆のことをやったらいいかなと思ったりして、もう少し炭水化物を摂ったほうがいいのではないかと考えています。

一般には体重を減らしたい人のほうが多いのですね。糖尿病とかいろいろ病気もありますから。ですから、江部さんや夏井さんの本も、どちらかと言うと体重を減らすやり方なので、説としては成り立つと思いますが、私には当てはまらない。

健康法については、私は、白隠禅師から野口整体から、ありとあらゆる健康法を楽しんで試してきました。

子供の頃、父親が岡田式静座呼吸法というのに凝っていて、呼吸法をやっていたのです。中国の仏教書『碧巌録《へきがんろく》』の中に座禅のことも書いてあって、中学生の頃はそれを拾い読みして親父の真似をしていましたから、呼吸に関しては年季が入っているつもりです。

とりあえず、きょうまであまり大きな病気をしなかったのは、幸運ではあるけれども、体と向き合って、対話というか、体を友達のように扱ってきたということも多少はあるのではないかと思います。

大学に入るときに一回レントゲンを撮ったのが、唯一の被曝体験です。検査もしたことがありません。

でも、最近は前立腺の調子が悪い、脚が痛くて引きずって歩く、など各所に不具合が出てきました。そろそろ病院に行ってみようかなと、いま思っているところですが、最後まで行かずにつっぱるという手もあります。

癌などは人生の末期に見つかるのが理想だと思いますね。

しかし、そこを画一的に考えると問題が出てくると思うのです。三十代とか四十代で癌が発見されたときと、七十、八十で発見されたときでは全然違います。八十、九十で癌になったら、放っておくしかないでしょう。ですから、あえて早期発見する必要もないし、もう八十過ぎれば体には癌だらけだと思ったほうが無難でしょう。人間は病気の巣だから、それはもう仕方がないことです。

べつに健康そのものが目的ではないけれども、健康であることを自分の楽しみとして健康法を実践するのは大事なことです。少なくとも、余生をエンジョイしていかないと、人間、楽しみがないと生きる気がしませんから。

癌は善意の細胞

最近よく言われるのは、癌というのはストレスが引き起こすのだという説です。しかし、私などは、もう五十年以上、ストレスだらけの生活で、そんなことを言ったらとっくに癌で死んでいると思うし、ストレスのない生活なんて、ないと思います。ですから、「ストレスのない生活などない」というのも、一つの覚悟ですよね。

札幌がんセミナーの理事長で癌の病理学の第一人者である小林博という方が、新聞にこういう意味のことを書いておられました。

人間の体を作っている五十兆個の細胞は、すべて老いていくものである。また、紫外線や汚染物質などによって常に傷つけられている。その傷つき老いていく細胞たちを、なんとか支えていこうという働きの中から、癌というものが発生するのではないだろうかと思うことがある、と。

老いたり傷ついたりして分裂能力が衰えた細胞があると、その周囲にそれをバックアップしようという善意のボランティアが出てくる。彼らは衰えた細胞をカバーしようとしゃにむにがんばって、旺盛に分裂し、殖《ふ》えていく。あげくに止まらなくなってしまう。細胞が増殖を無限に繰り返して制御できない状態が癌だというわけです。

ですから、癌の発生のメカニズムは大きく二つあって、アクセルの故障とブレーキの故障だというのです。ひとつは増殖因子が強烈に発揮されて制御できなくなったことで、これはアクセルが下りたままもどらなくなった状態。もうひとつは、癌抑制遺伝子がダメになってブレーキが効かなくなった状態です。

いずれにしても、癌は、発生自体は善意の自己細胞なのです。ですから、叩きつぶすとか放射線で焼き殺すとか闘病とか、そういう考え方は基本的にどこかズレていると私は思います。癌は悲鳴をあげながら暴走している哀れな細胞です。誰か止めてくれ、と叫びながら突っ走っている。

こういう説を知ると、「癌はストレスから」という説はちょっと信じがたい。ストレスなんてことで言えば、私などは六十～七十年ストレスの連続で生きていますから。ストレスが原因などということはないと思います。超ストレスがかかって、ここまでやってきましたから。

ストレスがあるほうが呆けない、という人もいるけど、たしかにそれはあるかもしれない。ある意味でのストレスがないと、甘くなっていくのかもしれないですね。

私の仕事だと締切がもう大ストレスですが、締切がないと仕事はできません。原稿の締切はほんとにもうストレスで、この窓から飛び降りてしまえば、締切に間に合わせなくても済むじゃないかと思うぐらいのストレスがかかります。それでも、なんとか凌いでここまできている。人によっては、締切前に原稿ができている人もいるという。きちんと朝起きて、毎日午前中に仕事をする人もいますが、私はそうではなくて、延ばし、延ばして、ギリギリまで仕事をするというスタイルです。

ですから、癌のストレス説には反対ですね。

病院に頼るのは間違いだ

私は、三十代から四十代にかけて偏頭痛がひどくて苦労しました。だけど、自分で一所懸命研究して、気圧の関係とかいろいろなことを調べてなんとか克服しました。ついに一度も病院へ行きませんでした。

気圧の変化でもって、血管が拡張したり収縮したりするので、いろいろ工夫しました。血管が拡張すると、脳から拡張を防ぐ収縮のための物質が分泌されるために、緊張性の頭痛が起きるとか、いろいろ原因があるらしい。その辺のメカニズムをうまく自覚して操作することでよくなったと自分では思っていたら、年を取って、血管が硬化して気圧の変化にそんなに敏感に反応しなくなっただけだろうと専門家に言われてガッカリしました。

この偏頭痛に対しては、どんな薬を飲んでも効きませんでした。頭痛だけではなくて、嘔吐とか、発熱とか、本当にひどかった。便器をかかえて一晩中唸っているようなときもありましたけど、とりあえず「病院に行かずに治す」と、がんばったのです。

治したのではなくて、それを早く予知して対応する。天気図も、最近は載らない新聞もあるから具合が悪いけれども、それを細かく読んで、「上海からここまで二日ぐらい。博多から一日で、大阪から半日ぐらいか」というように、気圧の変化を細かく予知して、それに対応して、風呂に入らないとか、アルコールを飲まないとか、締切を延ばすとか、いろいろなことで対応してなんとかうまくいきました。

腰痛もずっとありましたね。いつも机に向かって、うつむいて仕事をしているので、何十時間も仕事をしていると、頸椎《けいつい》がずれていくのではないかと感じました。

頭と同じ重さのボールを手に持ってみますと、「えっ、頭ってこんなに重いの?」というぐらい重いです。我々はそれを一番上に載せているわけでしょう。それを、頸椎で支えている。ものすごいことですよね。ですから、きちんと良いかたちで頭の重さを支えるようにしないと、頸椎から脊椎、腰部のほうにかけて負荷がかかり過ぎて、腰痛になるのは当たり前のこと。ですから、姿勢をよくする、呼吸をよくする。腰を曲げずに膝を曲げると気をつけていたら、なんとか腰痛はなくなりました。ところが、腰痛がなくなったら今度は脚が痛くなってしまった。

腰痛については、これは必ず人間にはあるものだと覚悟して、できるだけそれが出ないようにする。

一般的には、病気を「治《なお》す」と書きますが、私はあれを「なおす」と読まずに「おさめる」と読むのです。病気は根本的に治すことはできない。病を治めるということだけを考えるべきでしょう。

人間は年を取っていくと、体の老化は絶対避けることはできません。筋肉は硬化し、骨は脆《もろ》くなり、血管は硬くなる。さまざまな不都合が生じるけれども、それをなんとか治めて、折り合いをつけてやっていくというような考え方で、「治るということはない」という考え方ですね。ですから、偏頭痛も治ったのではなくて、治めているのだと思っています。

人間はもう、生まれながらに病気なのです。オギャーと生まれたその日から、死のキャリアとしてこの世に生きていき、約束された死はいずれ必ず実現するのですから、キャリアとして死をかかえながら生きている病人なのだと考えることです。

決して前向きの考え方ではないけれども、そのように思って、自分の体を労《いたわ》り、労りやっていくしかないのです。

中学生の頃に読んだゲーテの詩の一節を思い出します。

待てしばし、やがて汝《なれ》もまた憩《いこ》わん

ほとんど忘れましたが、この一節だけが非常に印象に残っています。「そう慌てて大騒ぎしなくてもいいよ」と言われている気がします。「憩う」というのは、恐らく死ぬことを言っていると思うのです。ふと思い出すことがありますね。

しかし、昔の常識で言えば「人生五十年」だから、自分が八十歳まで生きたということは本当に驚きます。

幸せな長寿というのはいいですよね。健康寿命というか、それならいいけれども、幸せな長寿の人がどのくらいいるか。九十過ぎると、大半は要介護ではないでしょうか。

ですから、不自由をかかえながら生きていく。テレビなどでは、百歳で競技大会に出たり、水泳大会に出たりする人のことを取り上げますが、そういう人を取り上げるということ自体が基本的に間違っています。だいたい、百歳の方の大半は要介護だと思いますね。

第４章　私の生命観

いまは後生《ごしょう》のことを考える人は少ない

このところ、釈徹宗《しゃくてっしゅう》さんという、真宗系の若い大学教授の方と連続対談をさせてもらっていますが、彼と意見が一致したのは、《いまは「死後の世界」というものがなくなった》ということです。誰も死んだあとの世界のことを考えない。昔は後生と言い、来世と言い、生きているあいだは半分で、このあとまだ続くのだという考えが、ごく当たり前のように一般的でした。死んだ後に地獄へ行きたくない。やはり極楽浄土へ行きたいと考えるのが一般的でした。

いまはもう、「死んだら終わり」という考え方が主流ですから、基本的に来世のことはあまり考えていません。自分の後生ということを考えると、昔の人だったら、後半生はお寺参りです。「幸せに往生できますように」とお寺を巡る。いまはもう、そういう死生観は強くありません。ときどきお遍路に行く人もいますが。だいたい生きているあいだだけのことなのですね。

生きているあいだだけという考え方が支配的になってくると、玄冬期というのが暗いものではないと言っても、なかなか受け入れられる素地がなくなってきているということでもあります。

輪廻というのは、それが苦であると考えて、輪廻の循環を断ち切るという考え方が仏教の教えです。ヒンドゥー教の考え方では、死んだ後は、六道（天道・人間道・修羅道・畜生道・餓鬼道・地獄道）のどれに行くかは、その人の生前の行いによるというのが、その考え方でしょう。天人、人間というのは六分の二で、あとの六分の四はとんでもないところへ行ってしまうわけです。人間として生きるのも辛い。天人にも寿命はあるのです。

私もいろいろなことを調べていてつくづく思いました。中世や江戸時代までの人の感覚は、いまの人の感覚とはまったく違います。つまり、理性的ではない。山には山の神様が住んでいる。竈《かまど》には竈の神様がいるのだという感覚です。四季折々にいろいろな神様が訪れてくる。雷が鳴ると、雷神が怒っていると考える。方違《かたたが》えだとか、方位だとか何だかんだと言って、井戸水が赤く濁れば大災害の徴《しるし》だとか、本当にそう思い込んで生きていたわけですね。

菅原道真の怨霊を慰めようと天満宮をつくってみたり、もう上から下まで、ありとあらゆる人たちが見えない世界を実体として感じていたわけです。恵心僧都《えしんそうず》源信という人が『往生要集』を書いて一世を風靡《ふうび》します。十世紀の終わりの頃です。読んだ人は少ないけれども、その話が流布されていきます。地獄と極楽の姿を描いて、いかに地獄は恐ろしいかを人々に知らせて、極楽に往生するためには何をしなければいけないかを説きました。最初の地獄の描写が際立ってすごいのです。リアルな描写があまりに生彩を帯びていて、もうそれを読むと、本当に恐ろしい。反対に、極楽なんていうのは、何か知らないけど、風が吹いていて、音楽が聞こえて、蓮の花の上に寝転がっているなんて、バカみたいに見えるのです。

それに比べて、地獄のリアリティというのはものすごいものです。それをお坊さんは壁の絵に描いて、それを竹の棒で示しながらお説教で詳しく絵説きしていくわけです。黒縄《こくじょう》地獄というものがあり、叫喚地獄というものがあり、焦熱地獄というものがあり、阿鼻地獄というものがあり……、これでもかこれでもかと続きます。大道芸人たちはそういうものを巻物にして、道で広げて、極楽のことは言わずに地獄だけを物語って聞かせる。

ありとあらゆる人たちが、自分たちは地獄へ落ちるのではないかという不安と恐怖に怯えて生きていました。そういう時代と違って、いま我々には地獄という観念はないでしょう。はっきり言って、地獄がなければ浄土もないのです。

ですから、古代から中世、そして近世に至るまでの人々の意識の中に頑固に根を張っていた、見えない世界への恐れとリアリティというものを、いま我々はまったく持たなくなった。持てなくなった。基本的に死んだら終わりとしか思わなくなりました。

宗教なき世界にどう生きるか

ですから、宗教というものが、昔はある年齢に達すると否応なく浮かび上がってくるものでしたが、いまはそれがないから、宗教なき世界にどう生きるかということです。そこで元気に生きていくというのは、どういうことか。

例えば、家族に期待しないということは大事です。日本人ほど家族ベッタリという国民は珍しい。十六歳、十八歳になったら家を出るのが当たり前の、ドイツなどのシステムと、日本みたいに、四十、五十になっても同居しているというのとはやはり違います。そういう意味で日本は本当に、家族主義が美風であるというように言われますが、個人の独立というか、それがまだないですよね。

まず、孤独というか、独りで生きるということの意味をはっきり自覚して、そこから出発して、さて、元気に生きていく方法が出てくるだろうと思うのです。孫に手を引いてもらって横断歩道を渡るのではなくて、自分の足で渡るためにはどうすればよいか。そういうことが「元気」ということだと思うのですね。

ですから、玄冬期を元気に生きていく第一歩は、人との絆みたいなものに期待しないというところから始まるような気がします。そこに非常に晴朗な、孤独の中の明るさとか、生き甲斐とか、そういうものが生まれてくるし、そういう覚悟ができた人は、現在の家族との関係も、ベタベタした「庇護する者とされる者」でない関係が生まれてくると思います。

また、精神的には遊行期だということを自覚する必要があります。もう家も離れ、自分独りで杖をついてガンジス川の畔《ほとり》まで死にに行く。ヨタヨタしながら乞食のような生活をして生きていくということですが、それは一つのシンボルであって、気持ちの上で「遊行者なのだ」と切り換えることが第一歩だと思います。そのことによって、今度は独立自尊の自分の人生をどう生きるかと考える。「おじいちゃん、みっともないから、そういうことはやめてください」とか、いろいろ言われることなく、自分で生きていくわけだから、そこからスタートする。

好きなように生きるといっても、家族と一緒にやっている以上は、それは制限があります。ただ、正直言って、現実には、もう家族とは切れていると思う。いま家族の絆を守っているのは年金だそうです。

不自由でもできるだけ介護されずに生きていく

お金がからむ話は、そうキレイには語れませんが、健康に関わる問題だと、非常に話しやすい。例えば、食生活にしても、自分はちょっと糖尿の気があるから食生活を改めたいと思っても、家族と一緒に暮らしているときは、自分だけ炭水化物を避けてタンパク質を多く摂《と》るという生活はやりづらい。独りで自炊していれば、徹底的に食事療法ができます。しかも、それは楽しみながらやれることなのです。毎日何を食べようかと考えるのは心躍ることです。

高齢期の人に対しては、私は自炊生活をすすめたいと思います。

そのときそのときの安い野菜を選んで、頭の中で計算して健康をコントロールする理想的な食生活をするのも、一つの喜びであるし、いま地方に行くと、産地で、自分の名前を出して一所懸命栽培してくれる人がたくさんいます。そういう農家と契約すると、米から何から送ってもらえるし、そういうことをして自分の食生活を見つめ直す。いままでは、会社から帰ってくると奥さんが作ったものを出されるという生活でしたが、自分が台所に立って、買物して料理をして食べるのは、煩わしいことではなくて、ある意味ではすごく創造的なことで、料理というのは呆けを防ぐのにもよいわけです。

ですから、元気で高齢を生きていくという中に、自分の食事を自分で作るというのもあってよいかもしれません。

きっと、それは意識の変革だと思います。やってみると面白いと思う。しかも、食器なども、焼き物に興味がある人なら、自分で揃えられる。私はこのまえも有田で降りて、焼き物の市場を見に行きましたが、高齢の方たちが大勢楽しみに買いに来ていました。自分の好きな食器を選んで、それも、一つのものを三十年使うというのではなくて、折々に、どこかへ行ったときに見つけた雑器の中で、味わいのあるものを見つけ出して、その上に、キュウリを刻んだ漬物を載せて、「ああ、きれいだな」と、そういう喜び方もある。そういうのはすごく大事な気がするのです。

先日、ある出版社が、金沢の百景というテーマで塗り絵の本を出してみたいと来たのです。いま塗り絵がブームだそうですね。京都のお寺の塗り絵などもあるそうです。左ページに金閣寺の絵がお手本であって、右ページには線だけ描いてある。そこに色を塗っていく。絵を描くということも、すごく面白いことですね。俳句などもそうですが、そういうことをできるという年齢に達したというのは、すごくラッキーなことではないでしょうか。

独りカラオケというのもある。他人《ひと》が歌っているときに手を叩かないといけないから、一緒に歌うのはイヤだという人がいますね。自分は下手だからという人もいますが。最近は、テレビに差し込めばマイクになって、何千曲も入っているという商品があります。独りでいれば、そういうマイクを使うこともできるわけです。部屋を閉めてヘッドフォンを使ってやれば、どんなに大きな声で歌ってもまわりに迷惑はかからないでしょう。

不自由でも、できるだけ介護されずに生きていく方法を見つける。介護されるに至らないように、やはり七十ぐらいから気をつけて、自分の生活をコントロールしていけば、人生の楽しみや喜びというのは無限にあるような気がしますね。不測の事故で半身不随になった人は仕方がないけれども、それでも、障害をかかえながらオリンピックに出る人もいる時代ですから、気持ちの持ちようひとつで自分でできることは自分でして、そこに見いだす楽しみはあると思います。図書館だって、どしどし本を貸し出してくれるわけですから。

そういう、ありとあらゆることを全部自分でエンジョイしてみるということは、すごく大事ではないでしょうか。

「遊行期」――子供の心に還るなつかしい季節

「遊行期」を肯定的にとらえるために、こんなふうに考えてみるのもいいかもしれません。

たしかに遊行期とは、人生の最後のしめくくりである死への道行きですが、それとともに、幼い子供の心に還っていくなつかしい季節でもあります。

旅とは行きっぱなしのことではありません。旅立ったものは帰ります。何度か書きましたが、登山は山に登ることだけではない。頂上をきわめたあと、人は必ず下山してこそ、登山という行為が完結します。

この世に生を受けた人間は、ちゃんと世を去ってこそ人生です。そのしめくくりが遊行期であり、人生においてもっとも重要な季節と言えるでしょう。

遊びに出た者はいつか帰らなければなりません。「帰る」というよりは「還る」

です。ふたたび戻るのです。

私たちは、生まれ、育ち、働き、そして休んだあとに還るのです。どこへ？　自分が生み出された玄の世界へです。道教でいう「玄牝《げんぴん》の門」をくぐり、ふたたび生命の根源へ戻っていくのです。

私たち人間は、赤ん坊のころから、すべてを学び、記憶し、知識を身につけて成長します。身体的にも強く、機敏になっていく。

遊行期とは、そこから戻っていく時期なのですね。老いていく自分、それは子供に還っていく人間の自然の姿そのものでなくて何であるか。

もの忘れがひどくなることを嘆くことはないのです。成長してくるなかで身につけた知識と記憶を、少しずつ世間に返していく。子供に還り、やがて誕生した場所へ還る。それを死というのです。

いつも引く、『梁塵秘抄《りょうじんひしょう》』の絶唱は、なんど読んでも心に響きます。

遊びをせんとや生《う》まれけむ
戯《たはぶ》れせんとや生《む》まれけん
遊ぶ子供の声聞けば
我が身さへこそ動《ゆる》がるれ

この歌が、子供と大人の間に強く共振するものがあるからでしょうか。

「遊行期」とは、このように、子供に還って遊び、戯れる時期なのです。気ままに、わがままに、そして無心に。

ですから、体が不自由になったと嘆くことはないのです。赤子のときは、這って動いていたではありませんか。立って歩くことすらできなかったではありませんか。よく、「なにが辛いといっても、下《しも》の世話を人にしてもらうほど辛いことはありません」という高齢者の嘆きの声を耳にします。

しかし、おむつをかえてもらうことを恥じる子はいないでしょう。人はみなそうやって、乳を与えられ、下《しも》の世話をうけ、さまざまな面倒をかけて育ってきたのです。「遊行期」になって、子供に還る、とはそういう道を戻っていくことです。肉親の家族以外の人々に世話をされて生きることを恥じることなどないのです。

それは、この世に遊びにやってきた子が、家に還っていく姿なのですから。

死に方の作法

これから先、高齢者が増えるということは、やがて大量死の時代を意味するのですから、死に方の作法というものをきちんと考えないといけません。いまは葬祭業の株を買えと、盛んに言われているそうです。これから十年か二十年は死が大量に発生するからでしょうか。高齢者が多数になるのですから、多数の死者になるのは理の当然です。いまは出生率よりも去っていく行儀というか、マナーというか、これについて真剣に考える必要があります。

二〇一五年の九月二十日、敬老の日にちなんで総務省が発表した資料では、八十歳以上の人口が初めて一千万人を超えたそうです。

百歳以上が約六万人。六十五歳以上が二六・七％、総人口に占める割合は、四人に一人を超えました。

ただ、上野千鶴子さんは、高齢者の人口増加というのは、もう峠を越したと言っておられます。地方では高齢者が激減していると。ほとんどが子供を頼って都会に出てしまったから、大都市は高齢者が激増し、地方では激減するような状況になっていて、大都市の激増状態も、片っ端から死んでいくから、いずれ、何十年か後には問題は解決するだろうというような見方をされていますね。ただ、このあとの数十年が大変なのだと。

でも、高齢者のあいだで末期《まつご》の意識が変化していることは間違いないでしょう。

それに、いまは、病院でガラス窓のこちら側から心電図を見ながら一喜一憂しているような状態です。枕元に囲んで、いわゆる死に水とか言って、ガーゼで唇を濡らしてあげたり、「おじいちゃん、大丈夫?」と肩を揺すったり、そんなことは今後は少ないはずです。

死んでいく作法、昔は行儀と言いました。死の行儀というものをきちんと確立しないといけない。家庭の中で部屋に余裕があれば、一部屋、離れでももらって、そこで暮らしていて、「きょうは、おじいちゃん全然顔見せなかったね。どうしたんだろう」と行くと、「あっ、死んでた」と。それもいいのではないかな。救急車を呼んで大騒ぎしなくてもいい、と思いますけどね。

いずれにせよ、このあと団塊の世代が高齢化していくということは、たくさんの人たちが死に直面することですから、死について考えるというのは非常に真剣な問題として、心構えとして考えないといけない問題です。

私の生命観――大河の一滴として

私はエネルギー不滅の法則みたいなものを感じているので、川の水のように流れていって、大海へ注いで海の水と融和して、そこで自分の生は終わる、と考えています。そのあとで、海水が太陽に熱せられて蒸発して、新しい水蒸気となって雲となり、また降り注ぐ。

ですから、自分の流転を信じているのではなくて、生命エネルギーの永久運動ということを考えています。自分がいなくなれば無になるけれども、それは大きな海の中で海水に溶け込んでしまって、そこでもう自分はなくなる。でも、その海水はまた水蒸気となり、雲となり、雨となって降り注いで、また一つの命になるのではないかと思う。そう考えて、自分が大海で消滅するということは確実に納得します。

自分が消滅するのです。消滅してどこへ行くかというと、海のような大きな世界の中に溶け込んでしまうのだと考えると、自分が死ぬから希望がもてる。

生きている限り輪廻を繰り返さなければいけないというのは、非常にイヤなのです。同じ人間が生まれ代わり立ち代わりするのは。

しかし、自分の生命が溶け込んで消えてしまう。自分は消えるけれども、今度は大いなる海の中に溶解してしまって、大きな生命の循環の中に何か、自分の個性ではなくて、個人ではなくて、生命エネルギーみたいなものが繰り返し循環するのではないかという感じをもっているから、自分の終わりではあるけれども、生命の終わりではないということが実感としてあります。

それを言っていくと、宗教めいた感じになるかもしれませんが、自分は無くなる。しかし、自分を自分であらしめたところの生命力というか、エネルギーみたいなものは、ほかのものと合体して次にまた伝えられる。ですから、自分は消滅する。

そうすると、自分の子孫を残したとか、残していないとか、それはもう一切関係ないです。無くなりますね。ですから、名前を残すことも必要なければ、一生のやり残した仕事をあとに残すということも考えず、子孫とか子供とかということも考えない。そういう感じですよね。

自分はそこで消えるわけです。自分は消えるけれども、「自分」という固有名詞がついていない、何かのエネルギーみたいなものは、透明なかたちで、大きな広い生命体の中に溶解していく。そこからまた新しい生命が生まれますが、それは「自分」ではない。自分ではないけれども、生命の永続性というか、そういうものがあると考えます。

個人の消滅と、生命エネルギーの永続性というのは別だろうと思います。

サザンオールスターズの桑田佳祐さんが、先日「大河の一滴」というアルバムを出しました。『大河の一滴』の内容をちょっと茶化したような形で歌詞にしているけれども、彼の発想も、どこかそういうことに共鳴しているのかもしれませんね。

彼の昔のアルバムのライナーノーツの中に、『大河の一滴』を読んでいろいろなことを自分は考えて、感じさせられたということを書いてありましたから、たぶん、どこか生命観の問題に共鳴するところがあったのかもしれません。

私の考えていることは、仏教の考え方とは少し違うし、キリスト教の考え方でもないけれども、それでも、だいたい納得のいくところではないかなという気はします。

生命の永続性というのは、溶け込んでいくということです。地下水になって、小川から大河の一滴となったときには、ありとあらゆるところから流れ込んでくる汚染水も清流も全部ひっくるめた大河の一滴になる。やがて海へ流れ込んでいったときには、もう海の水になってしまう。その中で自分がどんどん消えていく。自分はもう大きな海の中に溶け込んでしまう。

そう考えると、自分の死というものが、単なる無意味な死でもなく、そうかと言って、立派な死でもなく、浄土へ行くとか、そういう物々しいことでもなく、自然に納得がいくような気がしますね。自分が消えるということが、大きな海の中に溶け込んでいくわけだから。

ですから、海は生命のふるさとのアナロジーであって、そういうところから、太陽に熱せられて新しい水蒸気が雲になり、雨を降らせてまた一滴となる。でも、それはもう自分ではないわけです。自分の生命は、大河の一滴で海へ流れ込んだときに終わっています。

この「大河の一滴」という表現は、福永光司《みつじ》さんという、かなり年上の道教の学者の方に教わったものです。

「面授」という古い言葉があります。人づてに聞いたり、本で読んで知るだけでなく、直接その人と向き合って、肉声で教えを受けることをいいます。本当の生きた思想や知恵というものは、やはり、そんなふうにして、生身の人間から人間へ伝えられていくものでしょう。

私は幸いなことに、ずいぶんたくさんの方から面授を受ける機会がありました。福永先生も、そのような面授の師のお一人です。福永さんの面授は、堅苦しい教室の中でではなく、いつも自由な場所での座談のようなものだったことをなつかしく思い出します。
私が五十代のころから、福永さんとは親しくお付き合いをしていて、一緒に何度も旅行に行きました。あるときは九州の温泉の宿で、あるときは東北の八甲田山の山中で、またあるときは東京のホテルの一室で、福永先生は、実にエネルギッシュに語る方でした。道を歩いているときであろうが、車中であろうが、いったん話が始まってしまえば、とどまるところを知らないのが福永さんのスタイルです。その福永光司先生と共著で出したのが『混沌からの出発　道教に学ぶ人間学』という本です。

道教の世界で、

大河の一滴
大海の一粟《ぞく》

という対句があるということを福永さんに教わったのです。一粟《ぞく》というのは、一粒の粟《あわ》ですね。本当に小さなもの。それを伺ったときに、その二つが結びついて、大河の一滴は海へ流れていく。海の中の粟の一粒のような存在として、その中に溶けてしまう、というイメージが浮かんだのです。

私は生命の循環をそう考えます。その考え方に共鳴してくれる人はそう考えてもらえばよいし、また、それと同時に、自分なりのストーリーを作るということも大事なことです。与えられたストーリーというのがあって、浄土とか、地獄、極楽とか、天国とか、そういう既存のストーリーだけでは、現代人は疑い深いから飽き足りないのです。一人一人が自分の死後、つまり後生と言いますが、死のストーリーを自分なりに組み立てるということを、想像力を駆使してやることは、ある意味では、死を前提にした最終期の人間の楽しみというか、喜びの一つだと思います。

輪廻転生の恐ろしさ

輪廻転生は、「苦」と言われていますよね。六道《ろくどう》輪廻といって、六つの輪廻の中で、天人と人間は二つしかなくて、あとの四つは修羅、畜生、餓鬼、地獄。ひどい世界でしょう。六分の四はそちらへ落ちていくわけだから、輪廻転生はやはり恐ろしいわけですね。ラッキーに人間や天人に生まれることができるかどうか。輪廻転生は、自分の宿業の結果だと言われているので、自分の一生を振り返って、一つもやましいことがなかった人はいないでしょうから、そう考えると、輪廻転生はやはり苦なのです。仏教というのは、輪廻の輪をストップさせることを一つの大きな目標としている。

死んだら次の世界に生まれ変わるということはないというのが、基本的な、原始的な仏教の姿勢ですね。では、どうなるか、それで終わりなのかというと、それについては、ブッダは質問されても、「自分は死んだことがないから、霊的なことや死後のことについてはわからない」と言って、答えない。ですから、そこは「無記」となっています。「答えず」という意味です。それについては口をつぐんで、死後の世界、霊の世界、来世のことについては、ブッダはひとことも語ろうとしなかったといいます。

この世で人々は苦しみながら生きている。生きていることは、やはり苦しみである、不条理である。少しでもその不条理や苦しみを軽くして、短い人生を幸せに生きるためにはどうすればよいかという、非常に合理的な思考が仏教の思想で、そこにはカルト的なものがまったくなくて、非常にドライなのですね。

ただ、それが、大乗仏教だ、何だかんだと変わっていくうちに、いろいろとミステリアスなことがいっぱい生まれてきたのです。

語られた言葉が歴史に残った

私は、自分が死んだあとも霊として残るとか、そういう感じよりは、消滅することのほうに希望を覚えます。自己嫌悪とかそういうものが強いからかもしれません。自分というものが何か大きなものの中に溶けていく。包まれる。それに対して憧れがあります。海の中に抱かれて、消えていくことに。

志賀直哉に「ナイルの水の一滴」という表現があります（『枇杷《びわ》の花』）。「大河の一滴」という意味なのでしょう。

そういう発想というのは、浄土教の考え方とはどこか違うかもしれないけれども、大きな生命の中に還るというのが、死後の生き方としてはとてもよい感じがします。自分がそのまま残るという感じではないところがいい。

浄土教の考え方からすると、阿弥陀仏を信じて念仏をもつ人は、亡くなったときに往生決定して、それで浄土に迎えられる。それで終わりではなくて、浄土というのは、自分で仏になるために思うがままに勉強ができる場所です。邪魔のない場所ということで、花が咲き、鳥が歌う極楽とは違います。

その浄土でもって、凡人、凡夫が仏となって、再び、親鸞に言わせると往還《おうげん》といいますが、往相還相《おうそうげんそう》ともいいますが、また地上へ戻ってくるという考え方です。しかし私は、もう地上へ戻ってくるのはまっぴらなのですよ。

親鸞の考え方では、人は死んで、浄土へ行って仏となる。行ったきりではなくて、再び、仏の慈悲を身につけてこの世に戻ってくる。これは後世のことを言っているのではありません。生きている間に生まれ変わりを体験する。新しい人生が開けるという考え方です。それで、慈悲、大悲《だいひ》というものを人々に施して、人を救うという。

『歎異抄』は親鸞自身が書いたのではなくて、弟子の唯円《ゆいえん》が親鸞の言行をまとめたものです。親鸞が書いたものとしては『教行信証』という大きな著作があるわけですが、親鸞が書いたから良いというものではないのですね。

だいたい歴史に残る書物というのは、他人《ひと》が書いたものです。後から鏡のようにそれを写した。

聖書、バイブルというのは、キリストの言行録であり、質問に対してキリストがこう答えた。こういう場面ではこういうことをなされた。そういうレポートですよね。

『論語』は「子曰く」だから、「先生はこういうことをおっしゃった」という弟子たちの記録です。

そう考えていくと、例えば、ソクラテスは一冊の本も書いていなくて、プラトンがソクラテスの言行、言ったことややったことを記録に残した。そちらのほうが大事な気がします。誰かに語って、それが受け止められて記録されたことのほうが大事という感じがありますね。

そもそも、大蔵経と言われる百万の経典は、ブッダは一行も書いていないのです。全部「自分はこのように聞いた」（如是我聞《にょぜがもん》）という、聞き書きですから。ですから、聞き書きこそ大事という感じがあります。

自分で物を書いているときは、原稿用紙に物を書いているときと同じで、自問自答しながら書いているわけです。誰かを目の前に置いて、その人に対して語りかけるということは、説得するというか、そういう言葉が一番緊張感があって、その人の本音が出るところがある。その点、講演集は大事ですよね。

私が書いてきた小説はフィクションですが、書き下ろしよりは語り下ろしのほうが大事だと思っています。昔からそのように言ってきました。自分でも語ったもののほうが値打ちがあると、実は思っています。わざわざ文芸作品などで「この作品は書き下ろし作品です」と但し書きがついている小説もありますが、書き下ろしのほうが値打ちがあるなんて、それは錯覚でしょう。逆です。

人に向かって語っているということが大事ですね。思想というのは人に向けて語るものですから。独白ではないので。

中国で最初のお経と言われる『六祖壇経《ろくそだんきょう》』というのがあります。達磨《だるま》大師から始まる中国禅の第六祖、慧能《えのう》という人がいました。この人は無学な人だったのですが、あるとき講演をすることになって、慧能先生がお話しなさるということで、中国じゅうからいろいろな学者たちが集まってきて、その大聴衆を前にして何日も語る。その語ったことを全部記録して、いま『六祖壇経』と言われて大事にされています。

そういう語ったことが大事で、仏教の、どんなお経でも「如是我聞」ですから、「私はこのように聞いた」と始まります。思想というのは言語で伝わるもの。文字はそれの代行、記録に過ぎない。

ですから、初期の仏教は全部、弟子たちが暗記して、その日の夜、お互いに話し合って、「きょう、ゴータマ・ブッダはこう言ったよね」「いや、そうじゃない。こう言ったんだ」とか、「いや、そのときブッダは皮肉な顔をして言ったから、それは反語だろう。逆の意味に取らなきゃいけないんじゃないか?」とか言い合いながら検討して、「だいたいこれで間違いない」という言葉にまとめて、暗記するために偈《げ》にしたものなのです。偈というのは、リズムをもった歌です。暗記するには、どうしてもリズムが必要なのです。

インド人のリズム感は日本人と違って、独特のリズム感です。

藤原正彦さんの書かれたところによると、インドでは、驚くべきことに、文学作品だけでなく、地理や歴史、物理学の教科書まで、全部韻文で書かれているそうです。文章が韻を踏んでいるのですね。そうしないと覚えられないからだそうです。ですから、マヌ法典も韻文で書かれている。つまり、日本で言うと、憲法が韻文で書かれているようなものです。それぐらい、韻というものを大事にして、韻によって覚えるわけですね。

我々も、「いろはにほへと……」と暗記してしまいますが、やはり歌になっているから覚えるのであって、ブッダの弟子たちは暗記して、それにメロディをつけて歌にする。それで、市場みたいなところへ行って、ホラ貝を吹いて、太鼓を鳴らして、人を集めておいて、その歌をみんなでワーッと歌い上げていくと、聴いている人たちもそれを覚える。そのようにして原始仏教は広がっていったと言われていま す。

それから百年ぐらい経って、文字化して記録しようという、結集《けつじゅう》という催しが始められて、いろいろ討論しながら文字にしていくわけです。もちろんブッダも字は書けたし、教養のある人だったけれども、彼は全然文章を書かなかった。「初めに言葉ありき」というのは、そういうことだろうと思うのです。

蓮如も民衆に「しゃべれ、しゃべれ」と言ったといいます。「しゃべらぬ者はおそろしき」と言った。その当時まで、「物言えば唇寒し秋の風」みたいな感じで、農民、百姓、下々の人たちは、人の前で発言することは絶対しない。そういう人たちに向けて、下級の武士や村の役人、長寿の人、全部集まっているところでも自由に念仏について語りなさいと言ったんですね。四民平等という立場です。

日本では、どちらかと言うと寡黙《かもく》をよしとして、「沈黙は金」などという。それを、中世に「しゃべれ、しゃべれ」と言った男というのは、珍しい人です。蓮如というのは毀誉褒貶《きよほうへん》があるけれど、面白いことを言うのですね。

韻律というのもすごく大事なものなのです。親鸞も『教行信証』という、ものすごい著作がありますが、結局、晩年は和讃に徹した。あれは歌ですからね。メロディをつけてみんなで歌うものだから。意味から入って、体に伝わっていく。そういうことを大事にしたのでしょう。

第5章

玄冬の門をくぐれば

遊行期とお金の問題

お金に対する考え方というのは千差万別なので、「これだ！」と言えないところがあります。だいたい、年金にしたところで、国民年金で月に三万円か五万円しかもらえない人もいる。その一方で、例えば、一流大企業の人たちは、厚生年金の上に企業年金があって、さらに個人年金に加入していると、その差たるや、非常な格差です。公務員の場合は、年金一元化の後も、いわゆる三階建て部分に相当する「年金払い退職給付」が残り、官民格差はそれほど縮小していません。

いま日本の預貯金というのは、不思議ですけど、年間三兆円ぐらいずつ増え続けているそうです。それは、六十五歳以上の人たちが預金するのだそうです。年金を使わずに預金する。若い勤労人口の世帯は貯蓄率がどんどん下がって、みんな取り崩して暮らしている。こういう異常な状態らしいです。

なぜ使わずに貯金するかというと、やっぱり不安なのでしょうね。

でも、やっていけばキリがなくて、五千万円あればよいかと言えばそうでもない。一旦緩急があったらどうしようもないですから。癌になったりした場合、新薬とか新しい治療法を、どうしても、藁をもすがる気持ちでやりたいでしょう。そういう治療法は自由診療だから、高いのですよ。ほとんどのお金を使い尽くしてしまうことになる。

大事なことは、もう七十歳過ぎて癌を宣告されたときに、治療をするかしないかです。残念だけど天命と思って治療しない人のほうが、少なくとも安らかに死ねるらしい。ある程度のところで、その覚悟を決めないといけないというのがありますね。

私自身、一生に一度、大学に入るときにレントゲンを撮ったきりで、あとは一回もそういう経験がありません。歯医者以外で病院の門をくぐったこともないし。それは健康だからではないのです。いまの医療というものを根本のところでどこか信用していないからです。いまも左足が痛くて仕方がなくて、これは脊椎管狭窄症か、下肢静脈瘤か何かあるなと思っていますけど、もういいやと思って行かないのです。あちこち悪くて、前立腺肥大で夜中に何度もトイレに起きるとか、そういうことも多々ありますけど、行かないのです。前立腺の癌もあるかもしれない。

両親の亡くなった歳を超えたときに、一番ホッとしました。生きているときに親孝行はできなかったけれども、両親よりは長く生きてあげるのが孝行かと思いました。母親が死んだ歳より長く生きたときも一山越えたような気がしたし、父親が死んだ歳を越えたときもそうでした。「あんたたちの分も自分が生きるから」みたいな気持ちです。

話を戻すと、日本人は何となく、百歳を過ぎても死なないつもりでいるような節があります。

ですから、「死」をどう見ていくかという問題がどうしても出てきます。それに対する自分の確固たる覚悟がなければ、明るく生きられない。自分の死生観が問われるということです。

明朗に生きていくことはすごく大事だけれども、元気に生きていくことの背景には、自分の人生もどこかで終わりが来るのだということを、しっかり覚悟していないといけません。ダラダラと長く、いつまでも生きるだろうと思っているのでは具合が悪いのです。

過去の良い思い出を回想する

いま、アルツハイマーの治療法というのはこれという決定打はないけれども、唯一、回想療法というのが有効かもしれないと言われています。自分の過去の思い出を繰り返し咀嚼《そしゃく》するというやり方です。

良い思い出や楽しい思い出は引き出しに入っているけれども、しょっちゅう出し入れしていないと錆《さ》びて動かなくなるのです。ですから、寝る前とか、うつらうつらしている時間とか、あるいはボーッとしている時間に、「あのときはこんなことが楽しかったな」と、良い思い出をしょっちゅう繰り返し反芻《はんすう》することはすごく大事なのですね。それをたくさんもっている人は、財産をいっぱいもっているのと同じで、思い出すのは辛いことばかりというのではどうしようもない。

これは習慣かもしれません。過去の幸せだったときのことを繰り返し回想する。回想すればするほど、そのときの状況のディテールが鮮明になってくると同時に、引き出しが滑らかに楽に開かれるようになる。

私がきょうまで大きな決定的な病気に罹《かか》らず何とかやってこられた理由の一つは、ひょっとしたらこれではないかと思い当たるものがあります。それは、寝るときに必ず空想をしているのですね。「あのときはこうだった、良かったな。楽しかったな」と、良いことしか考えない。そのうちに眠ってしまう。それはもう三百六十五日そうです。十年間だと三千何百回ですから。

そのほかに、「きょう一日」というのを、呪文のように唱えながら生きているのです。問題はたくさんかかえているのです、厄介な問題を。しかし、その問題はあしたのことにして、きょう一日なんとかやり過ごせばという感じでやってきた。問題を持ち越すというのではない、先送りするのではないけれども、直面した問題をストレスと考えずに、とりあえずきょうを凌げばいいという感じです。出たとこ勝負というか、成り行き任せのように見えるけれども、あまり、十年先、二十年先のことは考えないほうがいいのです。

先のことを考えないというのも一つの生き方です。その代わり「きょう一日」が積み重なって、何十年か経っているわけですから。刹那《せつな》的な生き方もすごく大事な気がします。

私も、解決しないといけない問題が山積みで、そのことを考えだすとものすごいストレスになりますが、とにかく、きょう寝るまではなんとか凌げるという感じで、それができればいいやと思ってやってきた。あしたはあしたの風が吹くではないけれど、なんとかまた一日凌いでいけばいいという気持ちです。

かつて、大学ノートに、きょうあった一番良いことを「喜びノート」みたいにして一日一つ書いていた時期があります。「こんなことがあって面白かった」とか、そういうことを拾い上げていました。面白いことが何もない一日だったと思っても、探せば何かある。「あのときはラッキーだった」とか、「ホームに行ったら電車がちょうど来て、嬉しかった」とか。それだってラッキーなことだから、そういう小さなことでもちゃんと回想して確認しておけば、「きょうは良い日だった」という気になれます。

会社にいると、どうしても他人に評価されることが多い。常に評価される側であって、評価する人が自分の外にいる。これを何十年もやっていると、そうではないあり方というのがなかなか想像できなくなって、結局、組織から離れたときに、では、誰が評価するのだというと、自分で自分を評価するしかないのです。自分が「よし」と思えれば「よし」だと思えばいい。

ですから六十五、七十ぐらいまでは、周囲の評価でもって生きてこないといけないわけだし、協調しながら生きていかないといけないけれども、それを過ぎたら、やっぱりワガママ勝手に生きていってよいのではないか。それからはもう自由人になる。フーテンというような言い方もあるでしょう。実際、寅さんに憧れる人は多いのです。がんじがらめの会社員みたいな人ほど、寅さんの映画を見てフーテンに憧れます。「大丈夫ですよ。定年退職したらやれるのだから」と言ってあげたい。

定年になったらライトバンを一つ買って、キャンピングカーみたいにして、日本中を回ってみたいと考えている人も結構いるのです。やればいいじゃないですか。もちろん他人の迷惑になるようなことはしてはいけないとか、そういうことはあると思いますが。

古人を友とする

繰り返しになりますが、「人は本来、孤独である」と覚悟する。「頼りになる絆などない」と覚悟する。「人間は無限に生きられない」と覚悟する。「国や社会が自分の面倒をみてくれるとは限らない」と覚悟する。そういうことが大事でしょう。

普通、一般に言われていることというのは、例えば、趣味を広げることだとか、仲間、人の縁を広げていくだとか、オシャレをするだとか、いくつになっても心のトキメキを失わないようにだとか、いろいろ言いますが、本当にそんなものでいいの？　という気持ちが、やはり私にはあります。

つまり、我流の生き方をすると、最後は家族と一緒には生きられないことになる。はっきり言って、眠る時間が違うのだから。ですからもう、自由になるということが一つですよね。ある年齢に達したら、玄冬の門をくぐったら、あとは自由に生きる。自由を束縛するものは、できるだけそこを避けて、排除していくというように考えないといけません。例えば、「友達が少なくなった」とか、そんなことを考えているなんて、甘えだと思いますね。

それから、精神世界というか、想像の世界やそういうものに生きるとすれば、古人とか、外国の人とか、「なるほど、この意見は面白い。この人は自分と共通の感覚をもっているんだ」というように、精神上の友人はもてます。共鳴する人がいるということが大事。ですから、現実の友人だけではなくて、それこそ鴨長明に共鳴して友達になればいい。そうすれば、孤独感ではなくて、ある程度心豊かに残りの時間を過ごせる。そういう精神上の友人は、現実の友人と違って逃げていかないですから。

高齢者こそが活躍できる分野

年を取るということは、体のあちこちに不具合が生じるということです。耳が遠くなる、老眼鏡が離せなくなる、歯がダメになる、数え上げればキリがないくらいです。そうならないための養生の実例については、第3章でもいくつかあげました。

ただ、老人特有の不具合について、補助器具を作っているメーカーに、主要なユーザーである高齢者の声が届いていないのではないかと思います。

私の知人にも何人も補聴器の悩みを訴える人がいます。高齢者で、経済的にも余裕のある人間が、どうして補聴器のようなもので悩まなければいけないのでしょうか。いまでは、ドイツ製の百万円近くする補聴器も売られています。しかし、残念ながら、「この補聴器に完璧に満足しています」と話す人に出会った記憶は、私にはありません。はたして、「みんなが満足できる補聴器」は夢物語なのでしょうか。

そんなことはないはずです。小型で高性能のスピーカーやイヤホンを生み出す日本メーカーの技術を振り向ければ、普通の人が聞いているのと遜色のない高音質の補聴器が作れないはずがない、と思うのです。

できないのは、開発や製造にあたる人たちに、「老人が感じる本当の不便さ」がわかっていないからでしょう。いつまで経っても「そこそこいいもの」しかできないわけです。

逆に言えば、ここに「開発の大チャンス」があるのではないか。

高齢者の困ることが一番よくわかるのは、言うまでもなく高齢者自身です。ならば、そうした層をターゲットにした製品のマーケティングや開発は、高齢者の人々に任せたらどうか、と思うのです。

宇宙開発や新国立競技場もいいけれど、国もそうした製品の研究開発に、大きな予算を注ぎ込んだらどうでしょう。その現場に、世の老人たちを幅広く動員するのです。

そうやって世の中を見回してみると、老人たちが不便を感じているものには、補聴器以外にも枚挙に暇《いとま》がありません。

老眼鏡がそうです。視力が驚くほど回復する簡単な手術。あるいは非常に精度の高いコンタクトレンズ。

入れ歯もそうです。宇宙ステーションに人間を送り届けることができたりする時代に「ものが挟まらない入れ歯」を開発するくらいのことがなぜできないのでしょうか。

たかが補聴器と考えるのは、間違いです。世界中の高齢者で、自家用機よりもヨットよりも、優れた補聴器を欲しがっている人は無数にいます。スーパーカーより高価でも手に入れたい。

世界最高の視力矯正手術、自然に聞こえる超小型補聴器、自然の歯より丈夫で具合のいい義歯、快適な歩行補助器。そういうものの開発に、資金や人的資源を集中させるべきではないかと思います。超成長産業に大化けする分野が目の前にあるのですから。

開発の余地が大いにあるのは、高齢者の補助器具だけではありません。いま、介護や、保育園の先生たちが、みな腰を痛める。保育士が腰を痛めるそうです。子供を抱き上げるからです。ああいうときに体に、ちょっとしたサポートがあって、ボタン一つでさっと持ち上げられるような、力をサポートするようなものがあったらいいと思います。すでにそういう機器はあるらしいのですが、さらに技術を高めて、広く用いられるようにしたい。

私も脚が痛くて、雨が降ると本当に具合が悪いのだけれど、そういうものに対して、処方がないというのが一番問題ですね。

いまの医学ではむくみに対応するものがないのです。どんな医学の先端技術を駆使しても、脚がむくむことに対する処方がないのです。なぜそんな簡単なことができないのだと、不思議に思います。

腰痛患者一千万人という現実があるのですから、心臓の先端医学も大事だけど、そういう日常の生活の利便性を考えてほしいですね。

老後の楽しみとしての宗教

宗教というのは、大袈裟に構えて、自分の信念を賭けてどうとかするなどと考える必要はありません。老後の楽しみの一つと思えばいいわけです。お寺に行ってみる、教会に行ってみる。あるいは、バイブルを読んでみる。般若心経の写経をしてみる。仏教の入門書を読んでみる。これは死と、生きるという「死生」に関することだから、非常に身近に感じられると思います。

ですから、老後の楽しみの一つと思うぐらいの気持ちで、宗教に接する必要があると思いますね。人生において自分の心を切り換えるとか、大悟一番とか回心《えしん》とかの大袈裟なことじゃなくて、そういう好奇心で宗教に向き合うことも、私は良いことだと思います。もっとカジュアルに宗教と向き合ったほうがよい。深刻に向き合うから、カルト的なものに陥ってしまうわけです。「生きる知恵」と思って宗教に向き合う。

いま全世界で伸びているのはイスラム教だけでしょう。ものすごい勢いで伸びていると言うけれども、あんなややこしい、一日に何度も座ったり立ったりして礼拝しなければいけないのに、よく伸びると思います。

宗教というのは、いま大問題です。宗教を信じている人の数がものすごく増えつつある。宗教が、世界の動乱や戦争、政治的対立の根底に大きく関連しているということは、最近は佐藤優さんやいろいろな人たちが言っています。

ですから私は、叱られるかもしれませんが、宗教とか、宗教について関心をもつということを、そんな大層なことと考えずに、俳句や川柳に関心をもつのと同じぐらいの気持ちで、そういうものと向き合ってみたらどうかと提案します。

それから、「再学問のすすめ」と言ったけれども、好奇心のある人は、改めてカルチャーセンターに行ってみるとか、何かの通信講座で勉強してみるとか、それをやると「こういう役に立つから」ということではなくて、楽しみとしてやってみるといいと思います。

人間の前半生は、現実社会でもって、人間関係の中で厳しい選択を迫られて生きてきました。その歳になって、例えば、哲学というものを初歩から学んでみると、結構面白いと思いますよ。

「そうか、人間は有史以来こんなことを考えていたのか」と思わずにはいられないはずです。人に見せびらかすためでも、学位を取るためでも、職業のためでもなく、本当の好奇心からすることが大切です。その好奇心を持続させるということが、一番大事なことだと思いますね。

誰でも何か必ず、興味が湧く対象はあります。本を読むのも面倒くさいし、音楽にも絵画にも映画にもあまり関心がないとか、いろいろ言う人がいますが、必ず何かありますよ。

先日対談したあるお坊さんは浪曲に関心があって、浪花節を一所懸命聴いているそうですが、「仏教と浪曲」というテーマで何か考えておられるそうです。いま世間の人たちはあまり聴かないけれども、浪曲の全盛期は日本国中が熱狂していましたからね。面白いですよ。日本人の発声の仕方とか、なぜ、あんなだみ声が好きなのかとか、考えながら聴いていると興味は尽きないところがあります。

信心の楽しみ

信仰の楽しみなどと言うと、非常に不真面目だというように、厳格な人から叱られるかもしれないけれども、信心の楽しみというのはあります。難しいことを、迂《う》遠《えん》なこととして考えるのではなくて、非常に身近なこととして気楽に考える。

いまは結局、後世というか、浄土とか天国とかいうことに関心がないのは、地獄に対する恐怖がないからでしょう。

死後の世界に思いを馳せるというのも、高齢者の楽しみの一つではないかと思います。

それはどんな楽しみか。例えば、孤独の楽しみであり、物を学ぶ楽しみであり、自由になる楽しみであり、大真面目にではなく冷やかしで、カジュアルに宗教を信じてみる、宗教をいろいろ試してみる楽しみです。

誰でも普通は昼に起きていて、夜は寝るという生活ですが、独りで離れの部屋に住んでいれば自由にできるわけです。家族の朝食の時間に起きていかなくてもよいのです。年寄りは早く寝て早く起きると言われるけれども、そんなものに従わなくてもよくて、夜中に起きて一晩じゅう深夜放送を聴いていてもよい。そういう自由さですね。

好きな時間に食べて、好きな時間に飲んでいればよい。

そのためには、孫や息子夫婦と一緒に暮らしていても、その中で自立することです。同居自立といいますが、別居できればそれもいい。小さな台所で何か適当に作って食べる。

食べるのも、楽しみの一つです。財布を別にして、スーパーに買物に行って、どんなに調子悪くても、寝たきり老人以外は、高齢者用手押し車を押しながら歩くぐらいのことはだいたいできると思う。寝たきりになると、これはもう要介護なので仕方がないけれども、いまここで話題にしているのは、その前の段階です。

泣いたり、笑ったり、怒ったりという感情の表現も、ひとりなら存分にできますね。私などは、テレビを見ながら、ず〜っと画面に文句言いっぱなしで見ていますからね。まわりに人がいたらイヤがるでしょうが、「何言ってんだ、バカが」とか言いながら見ています。「冗談じゃねえよ」とかね。

独りでいると、言いたい放題言えますから。

家族団欒《だんらん》でテレビを見ているときは、水を差すようなことは言えません。だいたい、チャンネルだって自分の思うとおりにならないでしょう。古い小さなテレビなら安く買えるのだから、自分用のテレビを用意すればいい。

テレビというのは、白痴化と言われることもあります。地上デジタルなどはたしかにそういう傾向がありますが、BS、CS、ひっくるめて考えてみると、ものすごい知識の泉です。見るに値する番組が目白押しと言ってもいい。

年寄りは身綺麗に、機嫌よく

年寄りはやはり機嫌が良くないと、まわりから嫌われます。

橋本治さんが書かれた最近の新書（『いつまでも若いと思うなよ』）の中に、非常に印象深いエピソードが紹介されていました。

ある方が歌舞伎役者の四世沢村源之助《げんのすけ》のお宅を訪ねると、すごく身綺麗にしていて、きちんと片付いた清潔な部屋で応対されたので、「ずいぶんきれいにしてらっしゃるんですね」と言ったら、その歌舞伎役者が、「ただでさえ年寄りはきたないものですから」と言われたという。

目やにも出るし、歯もガタガタになるし、いろいろな意味で、年を取るということは汚くなっていくことだというのを自覚して、できるだけ、いままで以上に身辺のことに気を遣って身綺麗にする。

私も反省しました。前の仕事場から今の仕事場に移ったときに、身の回りの品だけでも、ものすごい余計なものがいっぱいあって、引っ越しが大変でした。できるだけスッキリと暮らそうと思うけれども、なかなかできないものですね。どうしてもガラクタに愛着が湧いて捨てられないのです。

それはそれでよいけれども、対人関係とかそういうところにおいては、年取った人間は若いときよりは、なお気を遣わなければいけないのだなと反省しました。「ただでさえ汚いものですから」と言われると、やはり、若い人たちが多くいるスターバックスなどのカフェに顔を出すにしても、それなりに身綺麗にして行かないと、みんなから嫌がられるんじゃないか、と気になる。そういう意味では、年寄りはなかなか気を遣わなければならない面はあります。

それにしても、この歌舞伎役者の言われた「ただでさえ」というのはこたえました。

犬でも、老犬を見ているとグダグダです。毛は抜け放題で、目やにを流しているし、人もやっぱりそういうものなんだなと思いますね。

「置かれた場所で散りなさい」

前に話に出た釈徹宗さんは、お寺の住職であり、大学の教授であると同時に、老人ホームもなさっておられる方ですが、こういうお話をされていました。

弄便《ろうべん》という、壁じゅうにウンコを塗りまくったり、暴力行為をしたりする老人がときどき出てくるのだそうです。

どういうときにそういう問題が起きるかということを考えてみると、相手の人権みたいなもの、相手に対する尊敬の念をこちらが忘れたときに起きるというのです。人はどんなときでも、相手から認めてもらいたい、承認されたいという自尊心があります。「何言ってるんですか、そんなことは間違ってますよ」と頭ごなしに言われたりすると、もうそれですごく傷ついて、そこで痴呆のいろいろな症状が爆発的に起きてくる。

ですから、最後の最後まで人としてきちんと対応しないといけない。上から物を言ったりするとダメだと、体験的におっしゃっていました。それはそうだと思いますよ。

よく老人ホームで、介護の人が子供言葉で「さあ、食べましょうね〜」と高齢者に話したりする例がありますけど、ああいう扱い方は問題でしょう。

老人ホームで一番扱いにくい患者は、元医者の人だそうです。本当に威張るし、命令口調で物を言うし、どうしようもない、救い難いという話が出ました。

しかし、痴呆やアルツハイマーというものが全然なければ、人間は最後のところまで自分なりに身を処すことができるでしょうけれども、こればかりは、自分がそういう人格崩壊の状態になっていくことは自覚できない。どの辺まで気がつくのかわからないけれども。ですから、これは本当に悲劇だと思いますね。

臨床医の大井玄さんという方が、『「痴呆老人」は何を見ているか』という本を書かれました。大井さんは、痴呆というのは、ある意味で、人間への神の贈り物かもしれないと言っています。不思議なことに、痴呆の人は癌で苦しむことがないそうです。だいたい人間の半分は、最後は癌で死にますが、末期に痴呆の人は癌であまり苦しまない。癌に罹《かか》らないという意味ではなくて、罹っても命を終えるとき、意外なほど苦しまない。痴呆というのは、神の与えたもうた贈り物かもしれないと書かれていました。

これから人数的にも高齢者が増えてくるということは、人生の最後の残りの短い時間を過ごす人たちが激増してくるということでしょう。寝かせきりの人が増えるということです。老人ホームが超満員になるときもくる。そこを考えないといけない社会になってきていると思います。

いままで戦後七十年のうち、五十年ぐらいまでは、いかに生きるかということがテーマになってきました。いまでも、「置かれた場所で咲きなさい」とか、生きることに対するみんなの関心は強いけれども、「置かれた場所で散りなさい」という考えも必要です。今度は、そこが社会の大問題になってくるような気がします。

私の考え方としては、人間はこれだけ大変な世の中で苦労をしながら生きてきた。生まれるときも自分の意思で生まれてきたわけではないから、せめて死ぬときぐらいは自分の意思で幕を引きたいというのが、究極の願望です。去るときぐらいは自分で退場したいと思う。去るときには自分の意思で去るというようなことを認める社会が、果たして来るのか来ないのか。あるいは、どうつくればよいのかわかりませんが、それが理想です。極端に言うと、人間的な自死ということですね。それを「自死」と言わずに何と言えばよいのかわかりませんが、「自逝《じせい》」という言葉もいいかなと思っています。それを法律的にきちんと認めるということになるかどうかはわかりません。

その前の段階として、年寄りは孤立することが怖いということや、いろいろ悩みはあるでしょう。しかし私は、孤独死は結構だし、多くの人々も本当は心の中でそんなに孤独死を恐れていないのではないかという思いがあります。

私自身は、中学生の頃に朝鮮からの引き揚げの体験の中で、たくさんの人がまわりで死ぬところを見てきました。

「死者は多く、生者は少なし」という環境の中で生きてきたわけですから、人が死んでいくのは異常なことではなくて、むしろ、生き残っているほうが異常だという感じがします。

昔、アフリカの動物たちで、自分で死期を感じると群れから離れて行方不明になるという話を聞いて、いいなあと思ったことがありました。そういうこともあり得るのではないかなと思うときもある。

動物はみんなそうですが、ある一定の仕事というか、背負わされたことを果たしたならば、やはりどこかで退場することを考えないといけないと思います。どう退場するかというのは、非常に個人差もあるから難しいところです。

要するに、これからは去っていくレッスンを大事にしたい、と、あらためて考えるようになりました。

五木寛之（いつき ひろゆき）

一九三二年九月三十日、福岡県生まれ。生後まもなく朝鮮にわたり、四七年に引き揚げを経験する。五二年、早稲田大学ロシア文学科入学。五七年中退後、PR誌編集、作詞家、ルポライターなどを経て、六六年『さらばモスクワ愚連隊』で小説現代新人賞、六七年『蒼ざめた馬を見よ』で直木賞、七六年『青春の門 筑豊篇』ほかで吉川英治文学賞を受賞。二〇〇二年に菊池寛賞を受賞。著書に『蓮如』『大河の一滴』『他力』『林住期』『親鸞』（毎日出版文化賞特別賞）『下山の思想』など多数。

玄冬の門

二〇一六年六月二十日　初版第一刷発行
二〇一六年七月二十五日　初版第四刷発行

著者◎五木寛之

発行者◎栗原武夫
発行所◎KKベストセラーズ
東京都豊島区南大塚二丁目二九番七号　〒170-8457
電話　03-5976-9121（代表）

装幀◎坂川事務所
印刷所◎近代美術株式会社
製本所◎ナショナル製本協同組合
DTP◎株式会社オノ・エーワン

ISBN978-4-584-12513-7 C0295

ベスト新書
513

ベスト新書　好評既刊

イスラム国「世界同時テロ」

黒井文太郎

ISBN978-4-584-12500-7
定価／本体八三〇円＋税

パリ、イスタンブール、カリフォルニア、ジャカルタ……大流行期に入ったイスラム・テロを、イスラム・テロ研究20年の軍事ジャーナリストが詳細に分析し、二〇一六年の危険地域を警告する。次の標的は日本か？

隠れアスペルガーという才能

吉濱ツトム

ISBN978-4-584-12496-3
定価／本体八六〇円＋税

日本人の二〇人に一人はグレーゾーンのアスペルガー＝「隠れアスペルガー」。アスペルガーも隠れアスペルガーも、実は才能あふれる素晴らしい人材なのだ。治すべきマイナスではなく、生かすべきプラスなのだ。

心の資産を高める生き方　「生産的」いい人と「非生産的」いい人 2

加藤諦三

ISBN978-4-584-12493-2
定価／本体八一五円＋税

あなたは「我が人生に悔いなし」と言って死ねますか？　人間が生きるということは、生産的構えで生きるか、それとも非生産的構えで生きるかの、心の中の戦いなのだ。『俺には俺の生き方がある』から50年。著者畢生の回答がここにある！

自分の人生を生きられないという病　「生産的」いい人と「非生産的」いい人 1

加藤諦三

ISBN978-4-584-12488-8
定価／本体八〇〇円＋税

「いい人」には二種類ある。「非生産的」いい人にはなるな。「いい人をやめれば楽になる」という時の「いい人」はこの「非生産的」いい人のことだ。では目指すべき「いい人」とは？　五〇年に及ぶ作家人生の総決算！

東京裁判の大罪

太田尚樹

ISBN978-4-584-12483-3
定価／本体八一五円＋税

我々日本人は、戦後70年たった今でも、〝A級戦犯〟という屈辱的な文言と思考から脱却できない。本書は、東京裁判がいかにおよそ裁判の名に値しない〝犯罪〟であったかを大検証して、この世紀の茶番の無効を発信する。

ベスト新書　好評既刊

AIIB不参加の代償
右田早希

ISBN978-4-584-12481-9
定価／本体八〇〇円＋税

日本はアジアで孤立の道を選ぶべきではない。AIIB(アジアインフラ投資銀行)への日本の不参加宣言は、もはや外交敗北ですらない。「AIIB」発足の経緯と背景、習近平政権の野望と日中の攻防、そしてアジアの近未来の姿を追う。

ヒトラー対スターリン　悪の最終決戦
中川右介

ISBN978-4-584-12478-9
定価／本体八七〇円＋税

冷静さと残虐さにかけて他の追随を許さない二人の独裁者の心理を分析しながら、両国合わせて最大で四〇〇〇万人が犠牲となった史上最大の戦争―独ソ戦―を描く、歴史読み物。「敵の敵は味方」で一度は組んだ二人の激突。

テロリストの心理戦術
香山リカ

ISBN978-4-584-12476-5
定価／本体七七八円＋税

「イスラム国」の残虐さは想像を絶する。テロリストはなぜそこまで残虐になれるのか。なぜ世界中から多くの若者が「イスラム国」を目指すのか。これらの疑問に精神医学の立場から考えてみる意欲作。

余剰の時代
副島隆彦

ISBN978-4-584-12470-3
定価／本体八一五円＋税

人類最大の解けない問題、それは余剰(サープラス)。最後に余ったのは「人間」。社会は失業者予備軍で溢れ、とりわけ若者が就職できない。ヴォルテール、ニーチェ、ケインズに導かれ、この難問に挑む。厳しい時代を生き延びる知恵。

イスラム国の正体
黒井文太郎

ISBN978-4-584-12465-9
定価／本体八三〇円＋税

大量処刑、外国人斬首、女性を奴隷化……中東でかつて見たこともない強大な「テロ集団」が現れた。しかも彼らは「国家」を自称する。彼らはどこから来たのか？　何が望みなのか？　彼らを止めることはできるのか。

ベスト新書　好評既刊

民主主義はいかにして劣化するか

斎藤貴男

ISBN978-4-584-12458-1
定価／本体八三〇円＋税

特定秘密保護法の成立、集団的自衛権の解釈改憲……憲法9条は死に、「戦争できる国」づくりが着々と進んでいる。まだ間に合うのか、もう間に合わないのか。劣化するこの国の民主主義を糺す。

嫌韓の論法

金慶珠

ISBN978-4-584-12446-8
定価／本体八〇〇円＋税

節度もなにもかなぐり捨てた〝韓国バッシング〟が止まらない。日本人による、日本人のための、日本人どうしの嫌韓論——この内向きの、夜郎自大の、弱い者いじめの議論を、心ある日本人は決して快く思っていない。

劣化する日本人　自分のことしか考えられない人たち

香山リカ

ISBN978-4-584-12443-7
定価／本体七五九円＋税

ねつ造と認定されたSTAP細胞論文。一から十まで詐欺だった〝現代のベートーベン〟、「真犯人は自分」と自白したパソコン遠隔操作事件の容疑者……立て続けに起こる、以前なら考えられない事件に探る「日本人の劣化」。

体にいい食べ物はなぜコロコロと変わるのか

畑中三応子

ISBN978-4-584-12441-3
定価／本体七九六円＋税

このあいだまで体によかった食べ物が、気がついたら体に悪いとバッシングされている。巷に氾濫する移り気な健康情報の歴史を振り返り、その興亡を跡づける、可笑しくも哀しい、食文化盛衰記。

病む女はなぜ村上春樹を読むか

小谷野敦

ISBN978-4-584-12439-0
定価／本体七五九円＋税

日本の私小説において「精神を病む」女が出てきたのはいつからだったか。森鷗外、堀辰雄、古井由吉に連なる女のイメージから村上春樹を読み解く異色の作家評論。ポルノが世界文学といわれるその理由とは——。